AF204741

Tucholsky Wagner Zola Scott Sydow Freud Schlegel
Turgenev Wallace Fonatne
Twain Walther von der Vogelweide Fouqué Friedrich II. von Preußen
Weber Freiligrath Frey
Fechner Fichte Weiße Rose von Fallersleben Kant Ernst Richthofen Frommel
Hölderlin
Engels Fielding Eichendorff Tacitus Dumas
Fehrs Faber Flaubert
Maximilian I. von Habsburg Fock Eliasberg Zweig Ebner Eschenbach
Feuerbach Ewald Eliot Vergil
Goethe Elisabeth von Österreich London
Mendelssohn Balzac Shakespeare Dostojewski Ganghofer
Trackl Lichtenberg Rathenau Doyle Gjellerup
Stevenson Hambruch
Mommsen Tolstoi Lenz Droste-Hülshoff
Thoma Hanrieder
Dach Verne von Arnim Hägele Hauff Humboldt
Reuter Rousseau Hagen Hauptmann Gautier
Karrillon Garschin Defoe Baudelaire
Damaschke Descartes Hebbel
Hegel Kussmaul Herder
Wolfram von Eschenbach Dickens Schopenhauer Rilke George
Bronner Darwin Melville Grimm Jerome
Campe Horváth Aristoteles Bebel Proust
Bismarck Vigny Barlach Voltaire Federer Herodot
Gengenbach Heine
Storm Casanova Tersteegen Gilm Grillparzer Georgy
Chamberlain Lessing Langbein Gryphius
Brentano Lafontaine
Strachwitz Claudius Schiller Kralik Iffland Sokrates
Katharina II. von Rußland Bellamy Schilling
Gerstäcker Raabe Gibbon Tschechow
Löns Hesse Hoffmann Gogol Wilde Vulpius
Luther Heym Hofmannsthal Klee Hölty Morgenstern Gleim
Roth Goedicke
Luxemburg Heyse Klopstock Puschkin Homer Kleist
La Roche Horaz Mörike Musil
Machiavelli Kierkegaard Kraft Kraus
Navarra Aurel Musset
Nestroy Marie de France Lamprecht Kind Kirchhoff Hugo Moltke
Laotse Ipsen Liebknecht
Nietzsche Nansen Marx Ringelnatz
von Ossietzky Lassalle Gorki Klett Leibniz
May vom Stein Lawrence Irving
Petalozzi Knigge
Platon Pückler Michelangelo Kafka
Sachs Poe Kock
Liebermann Korolenko
de Sade Praetorius Mistral Zetkin

Der Verlag tredition aus Hamburg veröffentlicht in der Reihe **TREDITION CLASSICS**
Werke aus mehr als zwei Jahrtausenden. Diese waren zu einem Großteil vergriffen
oder nur noch antiquarisch erhältlich.

Symbolfigur für **TREDITION CLASSICS** ist Johannes Gutenberg (1400 — 1468),
der Erfinder des Buchdrucks mit Metalllettern und der Druckerpresse.

Mit der Buchreihe **TREDITION CLASSICS** verfolgt tredition das Ziel, tausende
Klassiker der Weltliteratur verschiedener Sprachen wieder als gedruckte Bücher
aufzulegen – und das weltweit!

Die Buchreihe dient zur Bewahrung der Literatur und Förderung der Kultur.
Sie trägt so dazu bei, dass viele tausend Werke nicht in Vergessenheit geraten.

Der Herr Etatsrat

Theodor Storm

Impressum

Autor: Theodor Storm
Umschlagkonzept: toepferschumann, Berlin

Verlag: tradition GmbH, Hamburg
ISBN: 978-3-8424-1204-0
Printed in Germany

Theodor Storm

Der Herr Etatsrat

Wir hatten über Personen und Zustände gesprochen, wie sie zur Zeit meiner Jugend in unsrer Vaterstadt gewesen waren, und zuletzt auch einer eigentümlichen und derzeit nicht eben in bester Weise viel besprochenen Persönlichkeit Erwähnung getan.

»Sie müssen die Bestie ja noch in Person gekannt haben?« wandte sich ein etwas derber junger Freund zu mir. »Ich habe nur so von fern darüber reden hören.«

»Wenn Sie«, erwiderte ich, »mit diesem Worte den Herrn Etatsrat bezeichnen wollen, so habe ich ihn in gewisser Beziehung allerdings gekannt; ihn und auch die Seinen. Übrigens gehörte er ohne Zweifel zu der Gattung homo sapiens; denn er hatte unbewegliche Ohren und ging, wenn er nicht betrunken war, trotz seiner kurzen Beine aufrecht. Freilich soll eine Nachtwächterfrau, da sie einst im Schummerabend ihm begegnete, mit Zetergeschrei davongelaufen sein, weil sie ihn für einen Tanzbären hielt, den sie tags vorher auf dem Jahrmarkte gesehen hatte. Und in der Tat, der dicke braunrote Kopf mit dem kurzgeschorenen Schwarzhaar, welcher unmittelbar aus dem fleischigen Brustkasten herausgewachsen schien, mochte alten Frauen immerhin einen gerechten Schrecken einjagen.

Bei uns Jungen war die Wirkung freilich eine andre. Mir ist noch wohl erinnerlich, wie einst an einem Sonntagvormittage ein armer Bube unter dem Versprechen eines Sechslings bei der etatsrätlichen Gartenplanke von uns angestellt wurde, um uns zu rufen, sobald der mächtige Herr den einzigen Ort betreten hätte, worin er derzeit außer seinem Hause noch in Person zu sehen war.

Und bald, auf einen vorsichtig erteilten Wink des Jungen, lagen auch wir mit plattgedrückten Nasen an der Planke. ›Dat es em! Dat is em!‹ ging es flüsternd von dem einen zum andern, als endlich die groteske Gestalt, aus einer riesigen Meerschaumpfeife rauchend, unter dröhnendem Räuspern auf dem Gartensteige dahergewatschelt kam und sich dann in einer offenen Laube in einen kräftig gezimmerten Lehnsessel sinken ließ. Nachdem er den verlorenen Atem wiedergewonnen hatte, blickte er mit einer herablassenden Miene um sich und räusperte sich dann noch einmal, daß es weit über die Nachbargärten hinscholl. Diesmal aber war es unverkennbar ein demonstratives Räuspern: ›Ihr kleinen Leute, wisset es alle, der Herr Etatsrat wird jetzt seine Gartenruhe halten!‹ Dann suchte er seinen dicken Kopf zwischen den Schultern aufzurichten und rief ein paarmal hintereinander: ›Käfer – Käfer!‹

Es war kein Insekt, das auf diesen Ruf erschien, sondern ein etwa achtzehnjähriger Bursche, der als Schreiber und Bedienter in einer Person bei ihm beschäftigt wurde. Vom Hause her brachte er erst einen kleinen Tisch, dann einen Schemel, einen Tabakskasten, eine Zeitung und zuletzt auf einem Präsentierbrettchen ein großes Kelchglas, aus dem dein starker Dampf emporstieg. Der Bursche mit seinem zarten, blassen Gesicht und den weichgelockten braunen Haaren sah keineswegs so übel aus; aber die Art, womit er alle diese Dings schob und rückte und dem Herrn Etatsrat handgerecht zu machten wußte, war von einer so glatten Beflissenheit und doch wiederum so unverkennbar von verstohlenem Trotz begleitet, daß ich schon damals einen mir sehr unbewußten Widerwillen gegen diesen Käfer faßte. Mir sind im späteren Leben ähnliche Gesichter begegnet, welche, ohne daß etwas Besonderes von ihnen ausgegangen wäre, meine flache Hand ins Zucken brachten und mir dadurch über meine derzeitigen Gefühle und Wünsche in betreff jenes schmucken Gesellen zur völligen Klarheit halfen.

Wie lange übrigens damals der Herr Etatsrat in seinem Gartensessel ruhte und wie oft der dampfende Kelch geleert wurde, vermag ich nicht zu sagen; jedenfalls hörten wir noch mehrere Male das ›Käfer – Käfer!‹ und sahen den geschmeidigen Burschen mit einer neuen Füllung aus dem Hause kommen.«

Ob der Herr Etatsrat, welcher eine höhere Stelle in dem Wasserbauwesen unsers Landes bekleidete, wirklich mit so viel Verstand und Kenntnissen ausgestattet war, wie man dies von ihm behauptete, oder ob diese Behauptung nur aus einem unwillkürlichen Drange hervorgegangen war, sei es, die breiten Schatten dieser Persönlichkeit durch eine Zutat von Licht zu mildern, oder aber dieselben noch etwas kräftiger herauszuarbeiten, darüber vermag ich nicht zu urteilen. Wenigstens scheint es, daß es ihm an jenem Dritten, wodurch alle andern geistigen Eigenschaften erst für die tatsächliche Anwendung flüssig werden, ich meine, daß es an Phantasie ihm nicht gebrochen habe; nur pflegte sie, zum mindesten außerhalb seines Faches, sich nicht eben mit Dingen zu beschäftigen, welche andrer Menschen Herz erfreuen.

So befand sich in seinem, übrigens mit dem kärglichsten Geräte ausgestatteten Gartensaale ein sehr hoher Schrank in Gestalt eines Altars, welchen er genau nach eignen Zeichnungen hatte anfertigen lassen. Am Fußende des schwarzen Kreuzes, welches durch die Türleisten gebildet wurde, lagen die Symbole des Todes: Schädel und Beinknochen, in abscheulicher Natürlichkeit aus Buchs geschnitten; darunter, so daß sie bequem von einem davorstehenden Stuhle aus gehandhabt werden konnte, sah man eine Glasharmonika, zu deren rechter Seite eine Punschbowle von getriebenem Silber stand.

Wenn die Nachbarn abends von ihren Höfen oder Gärten aus die Töne der Harmonika vernahmen, und das geschah im Hochsommer mehrmals in der Woche, dann wußten sie schon, daß bis nach Mitternacht auf keinen Schlaf zu rechnen sei; denn der Herr Etatsrat saß an seinem Altare und spielte auf seinem Lieblingsinstrument; aber er spielte nicht nur, er sang auch dazu. Nicht etwa, wie man hätte glauben mögen, Lieder des Todes und der Auferstehung; wer hinten an der Gartenplanke lauschen wollte, konnte Melodie und Worte des »Landesvaters«, des »Fürst von Thoren« und andrer alter Studentenlieder deutlich genug erkennen.

Drinnen im Saale, wenn vom Garten aus kein Licht mehr durch die Fenster drang, brannte dann zu jeder Seite des Altars eine Kerze auf hohem Silberleuchter; die mächtige Schale war mit dampfendem Trank gefüllt, und je nach Beendigung eines Liedes, mitunter auch einer Strophe, faßte der Herr Etatsrat sie bei den silbernen Ohren und ließ einen breiten Strom über seine dehnbaren Lippen fließen. Bisweilen, wenn, von irgendeinem Zuge bewegt, die Kerzen flackerten und die Schatten in den Augenhöhlen des Totenkopfes spielten, unterbrach er auch wohl seinen Gesang und stierte eine Weile darauf hin. Aber der Anblick des Todes schien für ihn nur das Gewürz zu den Freuden des Lebens; kameradschaftlich, aber doch als müsse er den armen Burschen zur Ruhe verweisen, klopfte er mit dem Harmonikahammer auf die Stirn des Schädels und intonierte dann nur um so dröhnender: »Freude, Göttin edler Herzen«, oder wozu sonst der Geist ihn treiben mochte.

Ich habe übrigens, wie ich bemerken muß, diese Dinge nicht aus eigner Wahrnehmung, sondern von dem nächsten Grundnachbarn des Herrn Etatsrats, einem alten Schnurren liebenden Rotgießermeister, der im Abenddunkel mitunter durch den Grenzzaun schlüpfte und dann an einem der unverhangenen Saalfenster in stillvergnügter Einsamkeit diesen musikalischen Festen beiwohnte; oft bis nach Mitternacht, um, wie er sagte, das Ende nicht zu versäumen, was bei einer richtigen Komödie ja doch das Beste sein müsse.

Und in der Tat, dieses Ende ließ bisweilen nichts zu wünschen übrig. Wenn die Bowle auf die Neige ging, begann der heiße Trank den Herrn Etatsrat allgemach zu drangsalieren; der Lauscher draußen sah es deutlich, wie unter dem schwarzen Borstenhaar der dicke Kopf gleich einer Feuerkugel glühte.

Dann riß der Herr Etatsrat an seinem Halstuch, daß ihm die Augen aus den Höhlen quollen und der teilnehmende Rotgießermeister erst wieder aufatmete, wenn endlich das Tuch mit zorniger Gebärde fortgeschleudert wurde. Diesem folgte alsbald unter mühseliger und gefahrvoller Häutung noch das eine oder andre Gewandstück, bis er zuletzt in greuelvoller Unterkleidung dasaß.

Aber nicht jedesmal gelang ihm dies in gleicher Weise; mitunter – und das war eben das Hauptstück für den vergnüglichen Zuschauer – erscholl um solche Zeit aus dem Saale ein dumpfer Fall, und abgerissene, elementare Laute, einem Windstoß in der Esse nicht unähnlich, drangen in die Nacht hinaus. Wenn dann nach einer Weile die Hausgenossenschaft zusammenstürzte, rannten die Mägde wohl mit Geschrei im selben Augenblicke wieder fort; denn auf dem Fußboden neben seinem Altar lag der Herr Etatsrat gleich einem ungeheuren Roßkäfer auf dem Rücken und arbeitete mit seinen kurzen Beinen ganz vergebens in der Luft umher, bis Herr Käfer, das allmählich immer unentbehrlicher gewordene Faktotum, und der einzige Sohn des Hauses den Verunglückten mit geübter Kunst wieder aufgerichtet hatten und in seinem Kabinett zur Ruhe brachten.

Dieser Sohn war von guter und heiterer Gemütsart und hatte vom Vater nichts als das ungewöhnlich große, bei ihm jedoch mit spärlichem, erbsenblondem Haar bewachsene Haupt, welches er mit seinem Halstuch zwischen zwei spitzen Vatermördern derart einzuschnüren pflegte, daß die runden Augen stets mit etwas gewaltsamer Freundlichkeit daraus hervorsahen; darunter aber saß ein ebenso zierliches als winziges Körperchen mit lächerlich kleinen Händen und Füßen, welche letzteren ihn übrigens befähigt hatten, sich zum geschickten und nicht unbeliebten Tänzer auszubilden.

Der Vater hatte ihn auf den Namen Archimedes taufen lassen, ohne jedoch später die Mittel zu gewähren, welche dem Sohn eine Nachfolge seines klassischen Taufpaten hätten ermöglichen können. Zwar kümmerte er sich nicht darum, daß Archimedes auf der städtischen Gelehrtenschule, wo er in der Tat für die Mathematik eine glückliche Begabung zeigte, aus einer Klasse in die andre rückte, und auch die stets erst nach mehrfachen Anmahnungen des Pedellen und unter allerlei Zornausbrüchen erfolgende Auskehrung des Quartalschulgeldes veranlaßte hierin keine Unterbrechung; statt aber dann den absolvierten Primaner auf die Universität zu schicken, gebrauchte ihn der Vater zu untergeordneten Arbeiten seines Amtes oder kümmerte sich auch gar nicht weiter um den Sohn.

Wenn der kleine Archimedes sich einmal zu der schüchternen Bitte aufschwang, ihn nun doch endlich zu der Alma mater zu entlassen, dann blickte der Herr Etatsrat ihn nur eine Weile strafend mit seinen stieren Augen an und sagte leise, aber nachdrücklich: »Zeige einmal her, Archimedes, wie steht es mit der Schleusenrechnung?« oder: »Wie weit bist du denn eigentlich mit der Karte vom Westerkoog gediehen?« Dann holte Archimedes voll stillen Zorns die halb oder ganz vollendete Arbeit, war aber zugleich für lange Zeit mit seinen Bitten aus dem Felde geschlagen.

So blieb er denn zurück, während seine Schulgenossen erst lustige Studenten wurden, dann einer nach dem andern sein Examen machte und auch wohl schon in die praktischen Geschäfte seines erwählten Berufes eintrat. Dabei machte es sich von selbst, daß Archimedes mit der Prima unsrer Gelehrtenschule in einem gewissen Verkehr blieb, auch nachdem der letzte fort war, der noch zugleich mit ihm unserm armen Kollaborator das Leben sauer gemacht hatte. Dies geschah schon dadurch, daß er zur Aufbesserung seines spärlichen Taschengeldes, das ihm der Vater für seine Kontorarbeiten zufließen ließ, an faule oder schwach beanlagte Schüler einen nicht üblen Unterricht in der Mathematik erteilte. Ich, der ich jene beiden Arten in mir vereinigte, genoß diesen schon als Sekundaner, konnte jedoch hergebrachtermaßen seines freundschaftlichen Umganges erst als Primaner teilhaftig werden. Noch lebhaft entsinne ich mich, daß in meiner letzten Sekundanerzeit mir die Aussicht auf dieses Aufrücken kein geringerer Ehrenpunkt war als der Übergang in die höhere Klasse selbst; denn Archimedes imponierte uns durch eine gewisse Fertigkeit seiner geselligen Manieren, wie er denn überhaupt, soweit es sich nicht um seinen Vater handelte, unbefangen genug in seinen zierlichen Stiefeln auftrat. Er hatte, vielleicht das Erbteil aus seiner mütterlichen Familie, etwas von dem Wesen der Offiziere aus meiner Knabenzeit, bei denen ich nie darüber ins klare kam, ob die eigentümlich stramme Haltung ihres Kopfes, welche ihrer verbindlichen Höflichkeit stets die Waage hielt, mehr die Folge der steifen Halsbinden oder ihres ritterlichen Standesbewußtseins war.

»Trefflich, trefflich!« pflegte Archimedes auszurufen, wenn ich später, in meiner Primanerzeit, den Vorschlag zu einem ihm wohlgefälligen Unternehmen tat, sei es zu einem Thé dansant oder zu einer Schlittenpartie, wo es galt, bei jungen und jüngsten Damen den Kavalier zu machen. »Trefflich, trefflich, lieber Freund; wir werden das in Überlegung ziehen!« Und während um seinen Mund das verbindlichste Lächeln spielte, sahen mich unter den kriegerisch aufgezogenen Brauen die richtigen Offiziersaugen an, wie ich sie als Kind bei unserm Vetter Major bewundert hatte, wenn er in der roten Galauniform meiner Mutter seine Neujahrsvisite machte.

Indessen fanden dergleichen Vorschläge meist nur ihre Ausführung, wenn in den Ferien unsre Studenten wieder eingerückt waren, von denen übrigens die sportslustigen vor allen zu seinen Freunden zählten. Dann war seine Festzeit, in der er förmlich aufblühte; noch sehe ich ihn mit leuchtenden Augen zwischen ihnen sitzen, während sie prahlend ihre glücklichen Torheiten vor ihm auskramten. »Brillant – brillant!« rief er, wenn die Geschichte ihren mit Spannung erwarteten Höhepunkt erstiegen hatte, streckte den eingeschnürten Kopf gegen den Erzähler und stemmte beide Hände an die Hüften. Was Wunder, daß die andern erzählten, solange auch nur ein Tittelchen noch übrig war!

So kam es, daß er in der alten Universitätsstadt, welche er andauernd in der Phantasie bewohnte, allmählich besser Bescheid wußte als die, welche zwar in Wirklichkeit, aber nur vorübergehend dort zu Hause waren. Hatte er jedoch den Ankömmlingen ihre Studenten- und Professorengeschichten glücklich abgewonnen, so ruhte er nicht, bis mir oder im Notfall auch ohne Damenwelt die eine oder andre Lustbarkeit zustande kam. Da sein Stundengeld ihn niemals ohne eine kleine Kasse ließ, so wurde es bei solchem Anlaß fast zur Regel, daß Archimedes, nachdem die andern die Erschöpfung ihrer Kasse eingestanden hatten, seine wohlbekannte grünseidene Börse hervorzog und mit einem wahrhaft kindlichen Triumphe den für diese Festzeit abgesparten Inhalt auf der Tischplatte tanzen ließ, dann aber bereitwillig auf den nächsten Wechsel seiner Freunde Vorschuß leistete.

Freilich zu dem stets ersehnten Besuche der Universität reichte diese bescheidene Kasse nicht; und der Tag, welcher am Ende der Ferien die Studenten unsrer Vaterstadt wiederum entführte, war für Archimedes, was für den lustigen Katholiken der Aschermittwoch ist. Er pflegte ihn auch selber so zu nennen, und wenn ich am Nachmittage darauf sein Zimmer betrat, so traf ich ihn mit den Händen in der Tasche eifrig auf und ab gehend, als ob er einen Gesundheitsbrunnen abzuwandeln habe; erst nach einer Weile blieb er vor mir stehen und fuhr ohne weiteren Gruß mit der Hand über seine Stirn. »Asche, Asche, lieber Freund!« sagte er dann seufzend, und sein Finger machte das Zeichen des Kreuzes.

Sprach ich hierauf: »Wollen wir nicht lieber unsre Mathematik vornehmen?«, so war er auch hierzu bereit, legte Buch und Tafel auf den Tisch, und wir nahmen unsre Stunde. War dieselbe in aller Pünktlichkeit gehalten worden, dann – es war sicher darauf zu rechnen – stellte Archimedes zwei kleine geschliffene Gläser auf den Tisch und füllte sie mit einem feinen Kopenhagener Kümmel, den er sich, ich weiß nicht woher, mitunter zu verschaffen wußte. »Trink einmal«, sagte er während des Einschenkens; »das vertreibt die Grillen!« Und gleichzeitig leerte er auf einen Zug sein Glas.

»Ich habe keine Grillen, Archimedes«, pflegte ich zu erwidern; »und wer kann so früh am Tag schon trinken!«

»Freilich, freilich!« stieß er hervor. »Aber« – und er begann wieder mit den Händen in der Tasche auf und ab zu schreiten, wobei seine Augen wie ins Leere um sich blickten.

Eine Weile sah ich dem zu; dann hieß es: »Prosit, Archimedes!« und von seiner Seite wie im Echo: »Prosit!« und darauf, wie aus Träumen auffahrend, während ich zur Tür hinausging, noch einmal: »Prosit, prosit, lieber Freund!«

Diese Szene hat sich in fast wörtlicher Wiederholung mehr als einmal zwischen uns abgespielt.

Ich hätte wohl schon erwähnen sollen, daß Archimedes eine Schwester hatte; sie war zugleich sein einziges Geschwister, jedoch um viele Jahre jünger als der Bruder. Gesehen hatte ich sie bis zu meiner Sekundanerzeit nur im Vorübergehen, dagegen oftmals von ihr reden hören; denn sie war eines der Hauptkapitel einer unverheirateten Hausfreundin, die wir, nicht etwa, weil sie alles konnte, aber weil sie alles wußte, »Tante Allmacht« nannten.

Daß die Mutter des Kindes bald nach dessen Geburt ihr freudloses Leben hingegeben hatte, war freilich bekannt genug; Tante Allmacht aber, deren Magd vordem in dem etatsrätlichen Hause gedient hatte, wußte noch hinzuzufügen, daß ihr durch den unvermuteten Eintritt ihres Herrn Gemahls in die Wochenstube gleich jener Nachtwächterfrau ein Schrecken widerfahren sei, dem sie in ihrem Zustande und bei ihrer zarteren Organisation notwendig habe erliegen müssen. Da kein weibliches Wesen wieder in das Haus kam, welches die Stelle der Mutter hätte vertreten können, so mußte, nachdem die unumgängliche Säugamme entlassen war, die kleine Waise zwischen Köchin und Hausmagd aufwachsen, »die, Gott tröste es«, sagte Tante Allmacht, »dort alle Halbjahr neue Gesichter haben! – Meine Stine«, setzte sie hinzu, »die gute Kreatur, hat freilich ein rundes Jahr in dem unseligen Hause ausgehalten, bloß um des lieben Kindes willen, das sich sogar sein bißchen Mittag in der Küche betteln mußte. Wenn's Abend wurde, dann hat es freilich wohl der gutmütige junge Mensch, der Archimedes, mit auf seine Stube genommen; da saß es dann auf einem Schemelchen und verschmauste sein Butterbrot, und Stine hatte ihm auch mitunter noch ein Ei dazu gekocht. Sie war nicht bang, meine Stine, vor diesem Herrn Etatsrat; sie hat ihn manches Mal vor seiner alten Harmonika wieder auf die Beine gestellt, als der Musche Käfer das noch lange nicht gewagt hat; und bei solchem Anlaß hat sie's denn auch einmal durchgesetzt, daß das arme Kind aus der Klippschule zum mindesten in die ordentliche Mädchenschule gekommen ist; denn sie hat ihm keine Handreichung tun wollen, bevor der musikalische Oger ihr nicht solches mit teuren Eiden zugeschworen hatte. Wohin die kleine Phia, ob sie nach rechts oder links ihren Schulweg nahm, darum hat das Ungeheuer sich nicht gekümmert; nur wenn zu Ende des Quartals das jetzt etwas höhere Schulgeld gezahlt werden mußte, hat es einen argen Sturm gesetzt; denn der Herr Etatsrat hat es der treuen Magd in ihrem Lohne kürzen wollen; aber – sie wußte ihn zu bestehen, und um sein Getobe, darum quälte sie sich soviel, als wenn der Wind um unsre Ecke weht.«

So hatte Tante Allmacht wieder einmal geredet, als ich tags darauf meinen ersten Mathematikunterricht bei Archimedes hatte. Er war eben beschäftigt, mir die außerordentliche Einfachheit des pythagoreischen Lehrsatzes auseinanderzusetzen, als sich die Stubentür öffnete und ich zugleich eine junge lebhafte Stimme rufen hörte: »Archi, hilf mir, ich kann das dumme Exempel nicht...«

Ein fein gebautes, etwa zwölfjähriges Mädchen mit zwei langen schwarzen Haarzöpfen stand im Zimmer; sie war, da sie einen Fremden bei ihrem Bruder sah, plötzlich verstummt und hielt diesem nun mit einer halb bittenden, halb verschämten Gebärde ihre große Rechentafel hin.

»Wollen Sie nicht erst Ihrer Schwester helfen?« sagte ich zu Archimedes, von dem mir derzeit das vertrauliche Du noch nicht zuteil geworden war.

Er entschuldigte sich höflich, daß er seine Schwester von dieser neuen Stunde noch nicht in Kenntnis gesetzt habe; dann winkte er sie zu sich. »Nun aber rasch, mein lieber kleiner Dummbart!« sagte er und legte den einen Arm um das jetzt an seiner Seite stehende Mädchen, während sie ihr Köpfchen an das seine lehnte, als habe sie nun ihren ganzen kleinen Notstand auf den Bruder abgeladen.

Archimedes hatte ihre Tafel vor sich auf den Tisch gelegt. »Du mußt aber auch hübsch selbst mit zusehen, Phia!« sagte er, indem er bereits den Griffel in Bewegung setzte.

»Ja, Archi!« Und sie sah für ein Weilchen gehorsam auf ihre Rechnerei herab, in welcher der Bruder unter stummem Kopfschütteln und manchem nicht zu unterdrückenden »Außerordentlich!« eine ziemliche Verwüstung anzurichten begann.

Ich hatte indessen Muße, mir diese in ihrem Äußeren so ungleichen Geschwister zu betrachten. Das Mädchen erinnerte in keinem Zuge weder an den Bruder noch an den Vater; ihr schmales Antlitz war blaß – auffallend blaß; dies trat noch mehr hervor, wenn sie, noch zärtlicher sich an ihren Bruder drängend, unter tiefem Atemholen ihre dunklen Augen von der Tafel aufschlug, bis eine neue, leise gesprochene Ermahnung sie hastig wieder abwärts blicken ließ. – »Das Kind einer toten Mutter«, so hatte ich von einer alten feinen Dame ihr Äußeres einmal bezeichnen hören; meine Phantasie ging jetzt noch weiter: ich hatte vor kurzem in einem englischen Buche von den Willis gelesen, welche im Mondesdämmer über Gräbern schweben; seit dieser Stunde dachte ich mir jene jungfräulichen Geister nur unter der Gestalt der blassen Phia Sternow; aber auch umgekehrt blieb an dem Mädchen selber etwas von jenem bleichen Märchenschimmer haften.

»Nein, kleine Phia«, hörte ich jetzt Archimedes sagen, »du wirst dein Leben lang kein Rechenmeister!«

Ich sah noch, wie sie fast heimlich die Arme um den Hals des Bruders schlang; dann war sie, ich weiß nicht wie, verschwunden, und Archimedes hatte seine Augen zärtlich auf die geschlossene Stubentür gerichtet. »Sie kann nicht rechnen«, sagte er. »Außerordentlich; aber sie kann gar nicht rechnen!«

Eine Art phantastischen Mitleids mit diesem Kinde hatte sich meiner bemächtigt. Jetzt begann wieder, wenn ich dort vorbeiging, durch die Plankenritzen in den etatsrätlichen Garten hineinzuspähen, hinter welchem sich ein wenig benutzter Fußweg mit dem Kirchhofswege kreuzte. Und oftmals nach der Nachmittagsschulzeit, wenn die Gartenruhe des Herrn Etatsrats längst vorüber war, habe ich sie dort beobachtet; meistens in dem vom Hause abgelegeneren Teile, wo die an der Planke hingereihten Linden und eine Menge alter Obstbäume die darunterliegenden Rasenpartien fast ganz beschatteten. Hier sah ich sie, in der niedrigen Astgabel eines Baumes sitzen, an einem Kranz aus Immergrün und Primeln winden, von Zeit zu Zeit ihn an die Stirn hebend, ob er noch nicht passen wolle; ich sah sie dann, da ich nach längerer Zeit denselben Weg zurückkam, das dunkle Köpfchen mit dem fertigen Kranze geschmückt, auf den schon dämmerigen Gartensteigen hin und wider wandeln, die Hände ineinandergefaltet, wie in heimlicher Glückseligkeit. Als es Herbst geworden war, sammelte sie wohl auch einen Apfel aus dem tiefen Grase und biß frisch hinein mit ihren weißen Zähnchen; aber immer sah ich sie allein; niemals war eine Gespielin bei ihr, welche mit ihr in die saftigen Äpfel hätte beißen oder sie in ihrem Primelkranze hätte bewundern können. Den letzteren hatte ich einige Tage nach seiner Anfertigung auf einem vernachlässigten Grabe des nahen Kirchhofs liegen sehen; es mochte ihr leid geworden sein, sich so für sich allein damit zu schmücken.

Aber auch in der Schule schien die Tochter des Etatsrats keine Genossin zu haben, wenigstens hatte ich mehrfach beobachtet, wie sie auf dem Heimwege mit ihrer schweren Büchertasche allein hinter dem plaudernden Schwarm einherging, der Arm in Arm die ganze Straßenbreite einnahm.

»Warum«, sagte ich zu meiner Schwester, »laßt ihr Sophie Sternow so allein gehen?«

Sie sah mich mit ihren lebhaften Augen an. »Bist du plötzlich Sophie Sternows Ritter geworden?«

Beschämt, meine zarten Empfindungen verraten zu haben, erwiderte ich lässig: »Ich meinte nur, sie tut mir leid; ist sie denn nicht nett?«

»Nett? Ich weiß nicht; ich glaube wohl, daß sie ganz nett ist.«

»Du sagst das, ja, als wenn du Almosen austeiltest!«

»Nein, nein; ich kann sie ganz gut leiden, aber sie will nur immer meine Freundin werden!«

»Und warum willst du das denn nicht?«

»Warum? Ich habe ja schon eine; man kann doch nicht zwei Freundinnen haben!«

»So könntest du sie doch einmal zu dir einladen«, sagte ich nach einigem Bedenken.

»Die Blasse scheint dir ja sehr am Herzen zu liegen!« erwiderte meine Schwester mit einem unausstehlichen Anstarren.

»Ach, Unsinn! Sie dauert mich; ihr Mädchen seid hartherzige Kreaturen.«

Nach diesem geschwisterlichen Zwiegespräche kam Archimedes' Schwester einige Male in unser Haus. Mit Genugtuung beobachtete ich, wie meine Mutter das schmächtige Mädchen zärtlich an sich heranzog; es war unverkennbar, daß diese sich dann Gewalt antat, um nicht die ungewohnte Liebkosung mit allem Ungestüm der Jugend zu erwidern. Im übrigen war sie schüchtern, besonders wenn sie die Hand zum Abschied reichte; es schien sie dann zu drücken, daß sie nicht auch ihrerseits meine Schwester zu sich einladen konnte. Aber eines Sonntagsvormittags erschien sie strahlend mit vor Freude geröteten Wangen. »Ich soll dich einladen«, sagte sie zu meiner Schwester; »ich darf noch viele einladen; mein Vater hat es mir erlaubt!«

Und wirklich, der Herr Etatsrat hatte es erlaubt. Er hatte kürzlich herausgefunden, daß er eine Tochter habe, welche abends, wo die geröteten Augen ihm nicht selten ihren Dienst versagten, zum Vorlesen von Zeitungen und auch wohl amtlicher Aktenstücke trefflich zu gebrauchen sei; dann hatte er sich auch fernerer Vaterpflichten entsonnen und schließlich seine Tochter aufgefordert, »die kleinen Fräulein«, welche mit ihr in die Schule gingen, auf den Sonntag zu sich einzuladen.

Nach geheimem Zwiegespräch zwischen unsern Eltern wurde, wohl nicht ganz unbedenklich, meiner Schwester die Zusage gestattet, und Phia Sternow ging mit leuchtenden Augen weiter, um auch ihre übrigen Gäste einzuladen.

Der Tag verging. Als wir übrigen im elterlichen Hause bei unsrer Abendmahlzeit saßen und eben hin und her erwogen wurde, ob ich oder unser Kutscher meine Schwester von der etatsrätlichen Gesellschaft heimgeleiten solle, ging draußen die Haustür, und die Besprochene stand plötzlich vor uns, den Hut etwas verschoben auf dem Kopfe, ihren Umhang über dem Arm.

»Da bist du?« rief meine Mutter. »Ist die Gesellschaft denn schon aus?«

»Nein, Mutter – noch nicht; ich bin nur fortgelaufen.«

»Fortgelaufen? – War's denn nicht gut sein dort?«

»O – ja, zuerst! Phia war reizend! Wir waren alle im Garten; die andern spielten Greif um die großen Rasen; Phia und ich aber saßen ganz allein miteinander auf dem Altan; wißt ihr, da in der Ecke, wo man nach dem Kirchhof hinübersieht. Sie kannte all die kleinen

Kindergräber und erzählte so wunderbare Geschichten von den toten Kindern; man sah sie ordentlich mit ihren kleinen blassen Gesichtern zwischen den Kirchhofsblumen laufen; ihr könnt es euch nicht denken, so reizend und so unbeschreiblich traurig! Ich sah sie an und frug, ob sie das alles doch nicht nur geträumt habe; da fiel sie mit um den Hals und küßte mich.«

Meine Mutter hörte teilnehmend zu; mein Vater sagte: »Das ist recht schön, Margrete; aber vor den toten Kindern bist du doch nicht fortgelaufen!?«

Meine Schwester nickte ein paarmal kräftig. »Wart nur, Papa! – Um acht Uhr, nach dem Abendessen – es war übrigens sehr gut, zuletzt Schokoladenpudding mit Vanillecreme –, da kam der Herr Etatsrat zu uns in den Gartensaal. Es ist ganz gewiß, er mußte sich an eine Stuhllehne halten, als er uns seinen Diener machte; er ist so wunderlich gewachsen! Dann setzte er sich vor seinen Altar und spielte auf seiner Glasharmonika, und wir sollten danach tanzen. ›Versteht ihr Menuett, kleine Fräulein? Tra-la-lala-lala-lala!‹ Er sang das mit einer ganz fürchterlichen Stimme und sagte, es sei aus dem Don Juan. Aber wir konnten kein Menuett. ›Immer zu Diensten der Damen‹ rief er, und dann spielte er einen Walzer, und danach tanzten wir miteinander.«

»Wo war denn der gute Archimedes?« frug ich dazwischen. »An dem hättet ihr doch wenigstens einen Herrn gehabt.«

»Der gute Archimedes? Ja, der kam auch mal herein und wollte mit mir tanzen; aber der Herr Etatsrat sagte, unsre Eltern würden es als sehr unschicklich vermerken, wenn er gestatten wollte, daß eine so junge männliche Person allein zwischen all den kleinen Fräulein tanze. Und so mußte er wieder zum Saal hinaus. Aber paßt nur auf, das Schlimmste kommt nun noch!«

Mein Vater lächelte doch. »Was war denn das, Margrete?«

»Ja, glaub nur, es war schlimm genug! So eine riesengroße silberne Bowle, ganz voll von Punsch, und so stark, ich glaube, ich wurde schon vom bloßen Riechen schwindlig! Und dabei sagte der schreckliche Mensch: ›Das ist ein wenig Zuckerwasser für die Damen!‹ Eigentlich, weißt du, Papa, es schmeckte ganz gut; aber ich mußte doch greulich danach husten, als ich nur eben davon nippte.

Der Herr Etatsrat aber trank gleich drei Gläser nacheinander, und er goß sich noch jedesmal etwas dazu aus einer kleinen Flasche, die er neben seinem Altar stehen hatte. – Und dann mußten wir wieder tanzen, und dann trank er auf unsre Gesundheit: ›Die Rosen im Lebensgarten, die Damen leben hoch!‹ Sehr schön, nicht wahr? Wir mußten alle mit ihm anstoßen, und dann füllte er sein Glas wieder, bis er zuletzt einen Kopf hatte wie eine Feuerkugel – ganz greulich sah er aus! ›Tanzet, kleine Fräulein, tanzet!‹ rief er immer; aber er konnte gar nicht mehr Takt halten; ich glaube gewiß, Papa, er war betrunken!«

»Ich glaube auch, Margrete.«

»Ja, und wir waren auch so bange; wir saßen alle in der weitesten Ecke, ganz übereinander wie die Fliegen. Mich dauerte nur Phia – Papa, wenn ich solche Angst vor dir haben müßte, schrecklich! – Wie ein kleiner Geist stand sie vor uns und flehte uns ordentlich an: ›Wollt ihr nicht mehr tanzen? Oh, bitte, versucht es doch noch einmal!‹ Sie streckte die Arme aus, daß eine von uns sie aufnehmen möchte, denn sie tanzte immer nur als Dame; als wir uns aber nicht aus unsrer Ecke wagten, ging sie von der einen zu der andern und bat uns um Verzeihung, und wir möchten doch nicht böse sein, daß sie uns zu sich eingeladen habe. Und da wollten wir auch wieder tanzen, aber als wir eben ein wenig im Garten waren, da fing der schreckliche Etatsrat auf einmal an zu singen: ›Was kommt dort von der Höh, was kommt dort von der ledernen Höh?‹ – Kennt ihr es? Ein ganz scheußliches Studentenlied! – Und dabei wurde er so hitzig, daß er sich das Tuch vom Halse riß und es dicht vor meine Füße schleuderte!«

»Und dann, Margarete?« frug mein Vater, als sie hoch aufatmend innehielt.

»Dann? Ja, glaubt nur, daß ich mich erschrocken hatte! Dann – bin ich fortgelaufen. Hu! Ich mußte ganz dicht bei dem fürchterlichen Mann vorbei; ich weiß noch selbst nicht, wie ich aus dem Saal gekommen bin.«

Arme Phia! dachte ich in demselben Augenblicke, als meine Mutter diese Worte aussprach.

Mein Vater wiegte leise den Kopf und sagte nachdenklich wie zu sich selber: »Es geht doch nicht; das darf nicht wieder kommen.«

Und es ging auch nicht. Für Phia Sternow blieb dieses Fest mit ihren Jugendgenossinnen das einzige ihres Lebens.

Als endlich bei Beginn eines Sommersemesters auch die Zeit meines Abganges zur Universität heranrückte, verfiel Archimedes in eine große Traurigkeit; die Szene mit den kleinen Gläsern, da es nachher nicht mehr möglich war, hatte sich schon jetzt in einigen Variationen abgespielt, und das Mitleid bedrängte mich derart, daß es sich notwendig in irgendeiner heldenhaften Tat entladen mußte.

Bei dem Abschiedsbesuche, den ich Archimedes auf seinem oben nach dem Garten hinaus liegenden Zimmer abstattete, bot sich hierzu die günstigste Gelegenheit; denn da ich, während mein armer Freund schweigend auf und ab wandelte, ebenso stumm und erregten Herzens aus dem Fenster blickte, gewahrte ich drunten den Herrn Etatsrat, der, in einer großen Zeitung lesend, in seinem Gartenstuhle saß. Mein Entschluß war sofort gefaßt; ich nahm kurzen Abschied, drängte den verbindlichen Archimedes zurück, als er mich die Treppe hinabbegleiten wollte, ging dann aber, statt auf die Straße, hinten nach dem Garten und stand gleich darauf dem Herrn Etatsrat gegenüber.

Er schien trotz meines Grußes meine Anwesenheit nicht zu bemerken, wenigstens las er ruhig weiter, während ich ebenso ruhig, aber keineswegs mit besonderer Behaglichkeit, vor ihm stehenblieb. Endlich ließ er den Arm mit dem Zeitungsblatte sinken. »Was wollen Sie, mein Freund?« sagte er. »Nicht wahr, Sie sind der Sohn des Justizrats Soundso?«

Diese Worte sind nicht etwa eine Abkürzung seiner Rede; er sprach das wirklich, obgleich er mit meinem Vater längst in mannigfacher, mitunter vielleicht ein wenig heikler Geschäftsverbindung stand.

Etwas betroffen suchte ich meine Gedanken möglichst rasch zu ordnen und plädierte dann auch mit allen Gründen des Kopfes und des Herzens und, wie ich mehr und mehr zu empfinden meinte, in siegversprechendster Weise für den Lebenswunsch des armen Archimedes.

Der Herr Etatsrat hatte mich ausreden lassen, dann aber winkte er mich näher zu sich heran und legte, nachdem ich Folge geleistet hatte, seine Hand schwer auf meine Schulter. »Junger Mann«, begann er mit immer gewaltigerem Brustton, »Sie haben sonder Zweifel davon reden hören: vor meiner Zeit war hier kein Deich, der standhielt; Menschen und Vieh ersoffen gleich wie zu Noä Zeiten; hier war nichts als Pestilenz und gelbes Fieber! Erst von mir, von dem Sie einst erzählen mögen, daß Sie den Mann mit eignen Augen noch gesehen haben, datiert die eigentliche Ära unsers Deichbauwesens! Holländische Staatsingenieure wurden hergesandt, um die Konstruktion meiner Profile zu studieren; denn es ist mein Werk, daß diese ehrenreiche Stadt samt Ihnen, junger Freund, und dem Justizrat, Ihrem Vater, nicht Anno fünfundzwanzig von der Flut verschlungen worden, und daß hier, wo ich jetzt die Ehre Ihrer Unterhaltung genieße, nicht Hai und Rochen miteinander konversieren! Aber« – und die vorquellenden Augen verbaten sich jeden Widerspruch – »nach mir ist mein Sohn Archimedes der erste Mathematikus des Landes!«

Er zog seine Hand zurück und machte gegen mich von seinem Sessel aus eine Art unbehilflichen Entlassungskompliments.

Unwillkürlich erwiderte ich dasselbe und ging dann recht beschämt davon, in der, wie ich noch jetzt meine, wohlbegründeten Überzeugung, daß meine grüne Beredsamkeit gegen diese Art denn doch nicht aufzukommen vermöge.

So blieb denn Archimedes abermals zurück, während ich voll mutiger Erwartung in das neue Leben hinaussteuerte.

Ich habe hier nicht von mir und meinem Studentenleben zu reden, sonst müßte ich erzählen, wie diese Erwartungen nur zum kleinsten Teil erfüllt wurden; denn die Leute, mit denen ich zusammentraf, erschienen mir, sei es durch ihre Persönlichkeit oder nur durch ihr derzeitiges Tun und Treiben, um einige Stufen niedriger als die, welche ich zurückgelassen hatte. So kam es, daß ich manchen Brief in meine Heimat sandte und wiederum von dort empfing; auch Archimedes schrieb mir einige Male; sein Übergewicht an Jahren, seine treuherzige Anhänglichkeit boten für das ihm etwa Fehlende genügenden Ersatz, und seine Briefe waren so ganz er selber, daß ich beim Lesen ihn leibhaftig vor mir sah, den kleinen guten Mann mit seinem erbsengelben Haarpull, seinem verbindlichen Lächeln bei dem kriegerischen Aufblick seiner runden Äuglein. Das freilich war die Hauptsache, denn seine Mitteilungen beschränkten sich auf die einfachen Vorkommnisse seines Lebens.

Einmal aber, im Hochsommer, war eine neue Art der Unterhaltung für ihn aufgekommen. Der Herr Etatsrat hatte gegen irgendwelchen Ungehorsam seines Leibes den Gebrauch des »Erdbades«, wie er diese selbst ersonnene Kur nannte, für notwendig befunden; ob von jener nur allzu gründlichen Heilkraft unsrer guten Mutter Erde ausgehend, ob in andrer Anleitung, mochte er selbst am besten wissen. Um aber zugleich die Gunst der Seeluft zu genießen, ließ er sich – und es geschah dies einen um den andern Tag – eine Stunde weit an den Strand hinausfahren, und da er hierbei außer dem Kutscher noch einer weiteren Hilfe bedurfte, so mußte Archimedes stets bei diesem aufsitzen. Unweit eines dort belegenen Dorfkruges, an einer Stelle, wo neben zwei im Sande steckenden Spaten bereits ein entsprechend tiefes Loch gegraben war, wurde haltgemacht und der Herr Etatsrat aus dem verdeckten Wagen unter das Angesicht des Himmels herausgeschafft. Glücklicherweise aber verschwand er unter dem eifrigen Schaufeln des Kutschers und eines bereitstehenden Arbeiters gleich darauf wieder in den Schoß der Erde, so daß nach vollbrachter Arbeit nur noch der braunrote Kopf über der weiten Strandfläche hervorsah.

Die Wellen rauschten, die Möwen schrien, der Herr Etatsrat badete.

Dann folgte der zweite Teil der Kur. Das mächtige Haupt drehte sich mühsam nach der Gegend des Dorfkruges: »Sohn Archimedes«, rief es, »eile jetzo, deinen Vater zu erquicken!«

Auf diese pathetisch vorgebrachten Worte schritt Archimedes nach dem Kruge, wo unter den Flaschen auf dem Schenkregal eine mit der Aufschrift »Pomeranzen« prangte. Nachdem er, wie nicht unbillig, sich zuvörderst selbst erquickt hatte, kehrte er eilig mit mehreren Gläsern dieses Trankes an den Strand zurück und kredenzte sie dort in gewohnter Zierlichkeit dem über unkindliche Säumnis scheltenden Haupte seines Vaters.

Damit war das Bad beendet; nur daß sich alle dann noch nach dem Wirtshause begaben, wo der Herr Etatsrat sich eine letzte Stärkung nicht entgehen ließ; für Archimedes war von seinem Vater als das ihm angemessenste Getränk ein für allemal ein Glas Eierbier bestellt, welches er denn auch mit vielsagendem Lächeln zu sich nahm. Bei einer der letzten Fahrten aber geschah etwas Unerwartetes. »Sohn Archimedes«, begann der Herr Etatsrat feierlich, als er nach genossenem Erdbade pustend in dem Flickenpolsterstuhle des Wirtes ruhte, »heute, als an deinem siebenundzwanzigsten Geburtstage, darfst auch du wohl einmal von diesem Tranke kosten, welcher den Jünglingen Verderben, den Männern aber Labsal ist!«

Herablassend winkte seine schwere Hand dem Wirte; dieser aber, während er den braunen Saft ins Glas goß, warf einen verständnisvollen Blick erst auf Herrn Archimedes, sodann auf eine hübsche Reihe von Kreidestrichen, welche an der Stubentür verzeichnet standen.

Der Zusammenhang dieser Gebärde wurde völlig klar, als später, nachdem die Zeche des Etatsrats in hergebrachter Weise durch den Kutscher berichtigt worden, auch Archimedes seine damals gerade wohlgefüllte Börse zog und hierauf jene Striche sämtlich von der Tür verschwanden.

Er hatte diese Vorgänge in jenem harmlos-heiteren Ton erzählt, der im persönlichen Verkehr mich immer freundlich anzusprechen pflegte; gleichwohl entsinne ich mich, daß ich derzeit diesen Brief nicht ohne ein Gefühl von Unbehaglichkeit beiseitelegte. Vorübergehend kam mir auch wohl die Frage, weshalb denn der Herr Etatsrat nicht sein Faktotum Käfer statt des ihm fernstehenden Sohnes bei diesen Badefahrten mit sich führe; aber freilich, der Schlingel mochte es schon verstanden haben, sich von solchen Dingen frei zu machen.

Ein Jahr war dahingegangen, die Ferienzeit war fast verstrichen, und die andern Studenten waren längst schon heimgereist, durch mancherlei Umstände aber war es gekommen, daß ich nur die letzten Tage vor Beginn des neuen Sommersemesters im elterlichen Hause verleben konnte. Als ich eintraf, sah ich wohl, daß Archimedes schon unter dem grauenhaften Gespinst der Abschiedsstimmung einherwandelte. »Asch, Asche, lieber Freund!« rief er sogleich nach der ersten Freude des Wiedersehens. »Um ein paar Tage seid ihr alle wieder fort: und schau nur her!« – er hob das spärliche Haar von seinen Schläfen – »da kommen schon die silbernen! Wenn ihr wiederkehrt, ihr werden einen alten Mann dann finden!«

Und freilich, ein paar weiße Härchen zeigten sich, und der kurze Rest der Ferien ging rasch zu Ende. Es wurde indessen anders, als irgendeiner es erwarten konnte.

Ich weiß nicht sicher, ob Archimedes immer einen schwarzen Frack und einen glattgebürsteten Zylinder trug; ich glaube es fast; unvergeßlich ist mir, wie ich ihn so am letzten Tage vor der Abreise zu mir in die Stube treten sah, während ich am Fußboden knien meinen Koffer packte.

Archimedes sagte nichts, er ging nur, sein Stöckchen schwingend, mit sehr elastischen Schritten auf und ab; dann räusperte er sich ein paarmal, machte seine exaktesten Kopfbewegungen, aber sagte wieder nichts.

»Nun?« rief ich.

»Nun?« rief Archimedes.

Ich faßte ihn jetzt recht fest ins Auge; aber in meinem Leben habe ich nicht so die Freude auf einem Menschenantlitz ausgeprägt gesehen.

»Archimedes«, rief ich, »was ist geschehen?«

Er räusperte sich noch einmal; er schien zu geizen mit der gleichwohl stumm von seinen Lippen redenden Glücksbotschaft. »Lieber Freund«, sagte er endlich mit erkünstelter Trockenheit und tickte mit seinem Stöckchen mich leise auf der Schulter; »ich möchte nur bescheiden bei dir anfragen, ob morgen noch ein Plätzchen auf deines Vaters Wagen offen ist?«

Ich erhob mich von meinem Koffer und betrachtete meinen kleinen Freund, der mit seinem Stöckchen wippte, als ob er ein mutiges Pferd besteigen wolle.

»Wart nur«, sagte ich, wie viele sind wir denn? Peter Krümp, der Rantzauer, Jochen Fürchterlich – – freilich, es ist just ein Platz noch offen! Willst du uns begleiten, oder... am Ende gar? Hat der Alte herausgerückt?«

»Halt!« rief Archimedes. »Bester Freund, du sollst noch Ratsherr werden!« Und damit zog er seine bekannte grünseidene Börse aus der Tasche, deren außerordentlicher Umfang mir heute zum erstenmal recht erkennbar wurde, und setzte daraus einen Stapel blanker Speziestaler nach dem andern auf den Tisch. »Schau her!« rief er. »Hier Kollegiengelder, für die du kein Verständnis hast; dann in schwindender Proportion, hier für eine Kneipe in der Wolfsschlucht, hier für den etwas mageren Kosttisch, an dem die Theologen futtern!« Er warf mit kurzem Lachen seinen Kopf zurück und sah mich ganz verwegen an. »Ja, ja, Bester, ich fürchte mich nicht vor den zähen Pfannekuchen und werde sie keineswegs wie gewisse Leute so schnöde an die Stubentüren nageln! Und somit, das erste Semester wäre in Sicherheit!«

Auf einmal begann er, sein Stöckchen schwingend, wieder auf und ab zu wandeln; sein Gesicht hatte einen ernsten, fast sorgenvollen Ausdruck angenommen.

»Woran denkst du, Archimedes?« frug ich.

»Hm, im Grunde nicht so außerordentlich!« Und er setzte noch immer seinen Spaziergang fort. »Meine arme kleine Schwester; sie hatte an mir doch einen Kameraden!«

Ich schwieg beklommen, denn auch mit meiner Schwester hatte der Verkehr ja aufgehört.

»Ich weiß wohl«, fuhr er fort; »der Alte ist ja eigentümlich; das ist kein Haus für junge Damen.« Er schwieg plötzlich und schneuzte sich heftig mit seinem großen rotseidenen Taschentuche.

»Archimedes«, sagte ich, »die Mädchen könnten ja doch hier zusammenkommen! Mutter und Schwester haben deine Phia beide gern.« Ich sagte das aufs Geratewohl; ich konnte nicht anders.

Er blieb stehen. »Ist das dein Ernst? Darf ich es ihr sagen?« rief er lebhaft.

»Gewiß darfst du das.«

Seine Augen leuchteten ordentlich. »Trefflich, trefflich!« rief er und drückte mir die Hand. »Freilich, wenn der Alte sie nur fahren läßt! Abends muß sie ihm vorlesen, bis ihr die Brust weh tut; sie ist nicht stark, die kleine Phia. Und Tages... nach ihrer Konfirmation ist gleich die eine Dienstmagd abgeschafft; sie hat so viel zu tun, das arme Ding. Aber gewiß, ich werd's ihr sagen; nun wird die Reise viel fröhlicher vonstatten gehen!«

Aber Archimedes hatte noch ein Bedenken oder wenigstens noch einen Widerhaken im Gemüte; und ich war nun einmal sein Vertrauter.

»Weißt du auch«, begann er wieder, »wem ich diese außerordentliche, ja ganz unglaubliche Erfüllung meines Wunsches zu verdanken habe?«

»Ich denke, deinem Vater«, erwiderte ich, »du sagtest es ja schon.«

Archimedes vollführte einen scharfen Hieb mit seinem Stöckchen durch die Luft. »Freilich, Bester; aber – der Günstling, der Haus- und Kassenverwalter Käfer hat es hinter meinem Rücken bei dem Alten durchgesetzt; die Sache ist ganz sicher, Phia hat es mir versichert; sie hält diesen Käfer für den besten aller Menschen! Siehst du, das wurmt mich; ich mag dieser Kreatur nichts zu verdanken haben.«

»Nun«, sagte ich – ich weiß nicht, wie es mir eben auf die Zunge kam –, »vielleicht hast du ihm auch nichts zu danken; vielleicht mag's ihm selber daran liegen, dich aus dem Hause loszuwerden.«

Archimedes starrte mich fast erschrocken an. »Du sagst es!« rief er; »aber ich habe auch schon daran gedacht! Nur wüßte ich eigentlich nicht, warum; ich habe mich nie darum gekümmert, wie aus des Alten Schatulle das Silber in seine Tasche fließt; glaubt er indessen durch meine Abwesenheit diesen Strom noch zu verstärken – basta! So möge er seinen Lohn dahinhaben!«

Damit war unsre Unterhaltung zu Ende. »Auf morgen denn!« rief Archimedes in seiner alten Fröhlichkeit; die Ausprägung jenes letzten Gedankens schien seine Bedenklichkeit ganz verscheucht zu haben. Und auch mir schien damit alles erklärt zu sein; denn Herr Käfer mußte augenscheinlich nicht wenig Geld verbrauchen. Er kleidete sich gut, man konnte sagen, mit Geschmack; er ließ sich auch sonst nichts abgehen. Trotz seines noch immer etwas weibischen Gesichtes machte er keine üble Figur, so daß alte Damen ihn einen feinen jungen Menschen nannten; auch ich selber wäre vielleicht weniger dagegen gewesen, wenn ich ihn mir nicht zehn Jahre früher durch die Planke so genau betrachtet hätte. Er war unablässig bemüht, sich in die bessere Gesellschaft einzudrängen, und hatte es sogar fertiggebracht, mit einer Anzahl von drei weißen Kugeln von der Harmoniegesellschaft zurückgewiesen zu werden. Und somit machte auch ich mir keine weiteren Gedanken.

Am Tage darauf, am schönsten Junimorgen, fuhren wir Studenten ab. Archimedes war anfänglich etwas still. »Ein harter Abschied«, flüsterte er mir zu und drückte krampfhaft meine Hand. Aber die Abschiedsstimmung hielt nicht stand; am Waldesrande, etwa eine Meile hinter unsrer Vaterstadt, sprangen wir alle vom Wagen und schmückten Pferde und Geschirr mit frischem Buchengrün, uns selbst nicht zu vergessen. Der junge Kutscher meines Vaters, »Thoms Knappe« von uns genannt, hatte die Fahrt schon mehrmals mitgemacht; er kannte alle unsre Lieder und sang mit seiner klingenden Tenorstimme frisch dazwischen, als es jetzt wieder in das freie Land hinausging. Ich entsinne mich kaum einer Reise, wo mir die Sonne so ins Herz gelacht hätte; es war aber auch nicht allein die Sonne: zur Seite des rollenden Wagens flogen die hellsten Genien des Lebens, Hoffnung und Jugend, mit ihrer weithin leuchtenden Aureole.

Auf der Hälfte des Weges, in dem großen baumreichen Dorfe, wo man im Vorüberfahren in des Hardesvogts Garten den kleinen Springbrunnen mit der goldenen Kugel spielen sah, vor dem stattlichen Wirtshause, dem der mit dunklen Tannen bestandene Hügel gegenüberlag, wurden die dampfenden Pferde abgeschirrt und den Herren Studenten das helle Staatszimmer zur Mittagstafel eingeräumt. Und bald auch saßen wir alle, Thoms Knappe nicht ausgenommen, um den sauber gedeckten Tisch; glänzende Schinkenschnitte, Eier und Eierkuchen, und was sonst noch in den hoch beladenen Schüsseln aufgetragen wurde, verschwand mit unglaublicher Geschwindigkeit. Buttermilch wurde nicht getrunken, vielmehr kann nicht verschwiegen werden, daß neben jedem Teller ein tüchtiges Glas Grog seinen erquickenden Dampf versandte, während zur Tafelmusik Finken und Rotschwänze drüben aus den Tannen schlugen.

Mit einem unsäglich frohen Angesicht saß Archimedes neben mir; er schien alles, was ihn daheim belastet hatte, hinter sich geworfen zu haben; so oft er mit vergnügtem Lächeln sein dampfendes Glas zum Munde führte, machte er seine kriegerischsten Augen, als wollte er sagen: »Leben, wo bist du? Komm heraus, wir wollen dich bestehen!« Und »Prosit! Prosit, Archimedes!« klang es von allen Seiten.

Einige Tage nach unsrer Ankunft in der Stadt der Alma mater, da ich auf meinem Zimmer mich eben mit dem rätselvollen Kapitel der Korrealobligationen plagte, stand Archimedes plötzlich vor mir; er nickte mir zu, hob sich auf den Fußspitzen und drückte den Kopf in den Nacken, als fordere er mich heraus, ihn zu betrachten.

»Alle Wetter, Archimedes!« rief ich; »wo hast du dir dies strahlende Angesicht geholt?«

Er hob den Kopf noch höher aus den spitzen Vatermördern. »Nur drei Häuser weit von hier, lieber Freund; von dem rectore magnifico! Ich bin Student, immatrikuliert – data dextera – der alte Celeberrimus in Schlafrock und Pantoffeln! Wahrhaft rührend, ganz erhebend! Aber«, fuhr er fort, indem er sich zum Fenster wandte, »dein Spiegel hängt auch ganz verteufelt hoch!«Und damit nahm er mir mein dickes schweinsledernes corpus juris vor der Nase fort und legte es als Schemel auf den Fußboden; nachdem er also seiner Kürze nachgeholfen hatte, betrachtete er sich in der fleckigen Spiegelscheibe mit augenscheinlichem Behagen. »Student!« sagte er noch einmal. »Meinst du nicht auch, der Schnurrbart ist in den kurzen acht Tagen doch schon hübsch gewachsen! Vivat der Alte! Weißt du, wir wollen heute abend seine Gesundheit trinken; ich werde sehr guten Stoff besorgen. Nicht so, du willst doch? Der Alte hat es in der Tat verdient!«

»Freilich will ich, Archimedes«, erwiderte ich; »sage nur auch die andern an, alles übrige werde ich besorgen.«

»Trefflich, trefflich!« rief Archimedes. »Aber hier hast du dein corpus juris wieder; ich muß zunächst nun meine mathematica belegen; denn, lieber Freund, es soll höllisch jetzt geochst werden!«

Wie tanzend schritt er nach der Tür, nachdem er mir ein paarmal mutig zugenickt hatte; plötzlich aber hielt er inne. »Weiß der Henker«, sagte er; ich muß immer wieder an diesen Schuft, den Käfer, denken! Er ist nicht mal ein ordentlicher Käfer, höchstens ein Insekt der siebenten Ordnung, so eine Schnabelkerfe oder dergleichen etwas!«

Meine Gedanken waren schon wieder bei den Korrealobligationen. »Was kümmert dich der Bursche«, sagte ich obenhin, »der ist ja weit von hier!«

»Freilich, freilich«, erwiderte Archimedes, indem er aus der Tür ging; »wir wollen die Naturgeschichte ruhen lassen.« –

Die kleine Kneiperei ging dann auch am Abend zur Herzensberuhigung unsres Freundes in bester Heiterkeit vonstatten; als wir aber feierlich die Gesundheit seines Alten tranken, flüsterte er mir ganz ergrimmt ins Ohr: »Und daß er bald der Schnabelkerfe einen Fußtritt gebe!« Dann stürzte er sein volles Glas hinunter.

Es ist mir später klargeworden, daß in betreff jenes Menschen eine unbestimmte Furcht in seiner Seele lag, die er selber freilich nicht mehr bestätigt sehen sollte. Im weiteren Verlaufe des Semesters erwähnte er desselben nicht wieder; seine Arbeiten mochten diese Dinge bei ihm zurückgedrängt haben; denn seiner Ankündigung gemäß betrieb er diese vom Morgenrot bis in die Mitternacht hinein.

Bei Beginn der Herbstferien reiste Archimedes nach Hause, weil mit dem Semester auch seine dafür berechnete Kasse ihr Ende erreicht hatte; ich blieb noch, um unter Benutzung der Universitätsbibliothek eine bestimmte Materie durchzuarbeiten. Erst kurz vor dem Wiederbeginn der Kollegien folgte auch ich, um wenigstens ein paar Tage mit den Meinen zu verleben.

Archimedes fand ich besonders heiter und in großer Regsamkeit. »Du kommst verteufelt spät, lieber Freund!« rief er mir entgegen; »aber der Alte ist splendid gewesen, ich reise wieder mit euch! Übrigens...« Und nun erfuhr ich, daß am letzten Tage noch ein Ball stattfinden solle, den ich nicht versäumen dürfe; seine kleine Phia würde auch erscheinen.

Dann schwieg er eine Weile und sah mit seinem kindlichen Lächeln zu mir auf. »Weißt du, lieber Freund«, begann er wieder, »ich habe dabei auf dich gerechnet! Sie hat noch keinen Ball besucht; sie hat daher nicht so ihre gewohnten Tänzer wie die andern; nicht wahr; du hilfst mir, sie gleich ein wenig mit hineinzubringen?«

Ich dachte plötzlich wieder an die Willis. »Deine Schwester muß ja bezaubernd tanzen«, sagte ich. »Wie wär's mit Polonäse und Kotillon? Willst du meine Bitte überbringen?«

Archimedes drückte mir die Hand. »Trefflich, trefflich, lieber Freund! Aber nun muß ich zum Schuster, ob meine neuen Lackierten doch auch fertig sind!« –

Am Morgen des Festabends waren wir alle in Bewegung; die einen, um Handschuhe oder seidene Strümpfe einzukaufen – denn Archimedes war der einzige, der stets in Lackstiefeln tanzte –, die andern, um bei dem Gärtner einen heimlichen Strauß für die Angebetete zu bestellen. Diese letzteren belächelte Archimedes, indem er sanft den Kopf emporschob; er hatte niemals eine Herzdame, sondern nur eine allgemeine kavaliermäßige Verehrung für das ganze Geschlecht, worin er vor allem seine Schwester einschloß. Ich entsinne mich fast keiner Schlittenpartie, wobei sie nicht die Dame des eignen Bruders war; es schien bei solchem Anlaß, als möge er sie keinem Dritten anvertrauen; sorgsam vor der Abfahrt breitete er alle Hüllen um und über sie, während das blasse Gesichtchen ihn dankbar anlächelte; und ebenso sorgsam und ritterlich hob er bei Beendigung der Fahrt sie wieder aus dem Schlitten.

So war denn Archimedes zum Festordner wie geschaffen und auch diesmal dazu gewählt worden. Als ich, wie gewöhnlich sein Gehilfe bei solcher Gelegenheit, am Vormittag des Festes in den Ballsaal trat, wo noch einiges mit dem Wirte zu ordnen war, fand ich ihn mit diesem bereits in lebhafter Unterhaltung. »Vorzüglich, ganz vorzüglich!« hörte ich ihn eben sagen; »also noch ein Dutzend Spiegellampetten an den Wänden, damit die Toiletten der Damen sich im gehörigen Lüster präsentieren, und, Liebster, nicht zu vergessen die bewußten Draperien, um auch die Musikantenbühne in etwas zu verschönern!«

Während der Wirt sich entfernte, schritt Archimedes auf mich zu, der ich am andern Ende des Saales die Tischchen mit den Kotillonraritäten revidierte; aber der Ausdruck seines guten Gesichts schien den heiteren Worten, die ich erst eben von ihm gehört hatte, wenig zu entsprechen.

»Was fehlt dir, Archimedes?« frug ich. »Deine Schwester ist heute abend doch nicht abgehalten?«

»Nein, nein!« rief er. »Sie wird schon kommen, und wenn auch erst um zehn Uhr, nachdem der Alte zur Ruhe gegangen ist; aber ich denke sie noch früher loszunesteln!«

»Nun also, was ist es denn?«

»Oh, es ist eigentlich nichts, lieber Freund; aber dieser Käfer, der Herr Hausverwalter! Ich glaube, das arme Ding fürchtet sich ordentlich vor ihm. Stelle dir's vor, er unterstand sich heute, auf mein Zimmer zu kommen und uns beiden zu erklären, der Herr Etatsrat werde das sehr übel, vermerken, wenn das Fräulein auf den Ball ginge; und das Fräulein hing so verzagt an seinem unverschämten Munde; es fehlte nur noch, daß er ihr geradezu den Ball verboten hätte!«

Archimedes zuckte mit seinem Stöckchen ein paarmal heftig durch die Luft. »Ich werde diesem Käfer noch die Flügeldecken ausreißen!« sagte er und machte seine Offiziersaugen. »Der Mensch unterstand sich sogar, mich bei meinem Vornamen anzureden; da habe ich ihm denn seinen Standpunkt klargemacht und ihn hierauf sanft aus der Tür geschoben; siehst du« – und er erhob den Arm –, »mit dieser meiner eignen Hand, die leider ohne Handschuh war!«

Er ging ein paarmal auf und nieder. »Zu toll, zu toll!« rief er. »Während meiner Philippika hatte das Kind mich fortwährend am Rock gezupft; nun der Bursche fort war, bat sie mich unter Tränen, sie doch zu Hause zu lassen. Aber sie soll nicht; sie soll auch einmal wie andre eine Freude haben; und sie hat mir's denn endlich auf versprochen.«

Archimedes steckte beide Hände in die Taschen und blickte eine Weile schweigend gegen die Saaldecke. »Das arme Ding«, sagte er; »sie hatte so ein Paar große erschrockene Kinderaugen! Wenn der Halunke es sie später nur nicht entgelten läßt! Nun, am Ende, wir sind denn doch nicht aus der Welt!«

Und allmählich beruhigten sich seine Gesichtszüge, und sein gutes Lächeln trat wieder um seinen wohlgeformten Mund. »Aber noch eines, lieber Freund«, begann er aufs neue; »ich weiß, du bist auch so etwas für die Blumensträuße, und du meinst es stets aufs trefflichste; aber – sende ihr keinen! Nicht um meiner Grille halber, es würde sie ja wohl erfreuen; es ist nur – in unsrem Hause paßt das mit den Blumensträußen nicht. Aber komm und hilf mir; die kleine Phia soll denn doch nicht ohne Blumen auf den Ball!«

Und dann gingen wir miteinander fort und kauften die schönste dunkelrote Rose für das Haar des blassen Mädchens.

Meine Schwester war von einem leichten Unwohlsein befallen; so kam es, daß ich abends allein und erst kurz vor Beginn des Tanzes in das Vorzimmer des Ballsaales trat.

Archimedes kam mir schon entgegen. »Ah!« rief er, »vortrefflich, daß du da bist! Nun wollen wir auch sofort beginnen!«

Aber ich hielt ihn noch zurück. »Einen Augenblick!« sagte ich. »Ich muß mir erst die Handschuh knöpfen.« In Wahrheit aber wollte ich ihn selber nur betrachten; dieser kunstvoll frisierte Haarpull, der kohlschwarz gewichste Schnurrbart, dazu das fröhliche und doch gemessene Werfen des Kopfes, das elegante Schwenken des kleinen Chapeau claque – in Wahrheit, er imponierte mir noch immer.

»Deine Schwester ist doch drinnen?« frug ich dann, nach der offenen Tür des Saales zeigend, indem ich mich zugleich für vollkommen tanzfähig erklärte.

Er drückte mir die Hand. »Alles in Ordnung, lieber Freund!«

Als dann gleich darauf die Musik einsetzte, schritt Archimedes erhobenen Hauptes in den Saal, und ich folgte ihm, um meiner Dame zur Polonäse die Hand zu reichen. Aber sie war nicht unter ihren Altersgenossinnen, die am Ende des Saales wich wie zu einem Blumenbeet zusammengeschart hatten; ich fand sie gleich am Eingang bei einem mir unbekannten, unschönen und plump gekleideten Mädchen sitzend. Sophie Sternow trug ein weißes Kleid mit silberblauem Gürtelbande; das glänzende, an den Schläfen schlicht herabgestrichene Haar war im Nacken zu einem schweren Knoten aufgeschürzt; aber weder die Rose, welche ihr Bruder unter meinem Beirat vormittags für sie gekauft hatte, noch sonst ein Schmuck, wie ihn die Mädchen lieben, war daran zu sehen.

Ein leichtes Rot flog über ihr Antlitz, als ich auf sie zutrat. »Freund Archimedes«, sagte ich, »wird mir hoffentlich den Tanz gesichert haben; ich möchte nicht zu spät gekommen sein.«

Ein flüchtiger Blick aus ihren dunklen Augen streifte mich. »Ich danke Ihnen«, sagte sie fast demütig, indem sie, mich kaum berührend, ihre Hand auf den ihr dargereichten Arm legte, »aber auch ohnedies wären Sie nicht zu spät gekommen.«

Ich hatte sie lange nicht gesehen; aber Archimedes irrte, das waren keine Kinderaugen mehr.

Wir tanzten dann, und ich würde noch jetzt sagen, daß sie trefflich tanzte; nur empfand ich in ihren anmutigen Bewegungen nichts von jener frohen Kraft der Jugend, die sonst in den Rhythmen des Tanzes so gern ihren Ausdruck findet. Dies und die etwas zu schmalen Schultern beeinträchtigten vielleicht in etwas die sonst so eigentümlich schöne Mädchenerscheinung.

Nach beendigtem Tanze führte ich sie an ihren Platz zurück, und sie setzte sich wieder neben das häßliche Mädchen, welche von niemandem aufgefordert war und jetzt froh schien, wenigstens für den Augenblick aus seiner Verlassenheit erlöst zu werden. Als ich in dem Gewirre der sich auflösenden Paare Archimedes zu Gesicht bekam, konnte ich die Frage nicht unterlassen, ob er denn die Rose von heute morgen seiner Schwester nicht gegeben habe.

»Freilich, freilich!« erwiderte er, indem er zugleich einen Inspektionsblick in dem Saal umherwarf; »aber die Kleine scheint auf einmal eigensinnig geworden; sie wollte keine Blumen tragen; sie konnte nicht einmal sagen, weshalb sie es nicht wollte; sie bat mich flehentlich um Verzeihung, daß sie es nicht könne; denn, in der Tat, ich wurde fast ein wenig zornig! – Nun, lieber Freund«, setzte er in munterem Tone hinzu, »die Damen haben ihre Launen, und jetzt werde ich selber mit der kleinen Dame tanzen!«

Während er dann zunächst noch zu den Musikanten ging, blickte ich im Saal umher. Die blasse Phia Sternow war die einzige, deren junges Haupt mit keiner Blume geschmückt war; in dem duftweißen Kleide mit dem Silbergürtel schien sie fast nur wie ein Mondenschimmer neben ihrer plump geputzten Nachbarin. Und wieder mußte ich an die Willis denken, und jenes phantastische Mitgefühl, das ich als halber Knabe für sie empfunden hatte, überkam mich jetzt aufs neue. Dies verleitete mich auch, als ich später mit der Busenfreundin meiner Schwester im Kontertanze stand, diese etwas männliche Brünette mit ziemlich unbedachten Vorwürfen wegen einer solchen, wie ich mich ausdrückte, absichtlichen Trennung von der früheren Schulgenossin zu überhäufen. Hatte ich doch mit steigender Erregung wahrgenommen, daß keine der hiesigen jungen Damen sie begrüßte, wenn sie an ihrem Platz vorüberging, ja daß eine derselben mit plötzlicher Bewegung den Kopf abwandte, da sie unerwartet in der Tanzkette ihr die Fingerspitzen reichen mußte.

Schon während meiner Rede hatte ich bemerkt, daß meine Tänzerin eine kriegsbereite Haltung einnahm. »Sprechen Sie nur weiter«, sagte sie jetzt, als ich zu Ende war; »ich höre schon.« Und dabei trat sie einen Schritt zurück, als wolle sie mich besser Aug in Auge fassen.

Als ich hierauf noch einmal betonte, was nach meiner Meinung in diesem Falle vorzubringen war, ließ die schöne Braune mich ruhig ausreden; dann sagte sie mit einer Gemessenheit, die seltsam zu dem jungen Munde stand: »Ich verstehe das alles wohl; aber finden Sie nicht selbst, daß es Fräulein Sternow völlig freisteht, unsre Gesellschaft aufzusuchen, wenn sie anders meinen sollte, daß sie noch dahin gehöre?«

»Dahin gehöre?« Ich wiederholte es fast erschrocken. »Sie wollen doch die Ärmste nicht für ihr väterliches Haus verantwortlich machen?«

Fräulein Juliane – so hieß die schöne Männin – zuckte nur die Achseln; gleich darauf mußten wir tanzen. Als wir wieder auf unserm Platz standen, gewahrte ich die Besprochene in der andern Reihe neben uns, und so konnte das Gespräch nicht wieder aufgenommen werden. Zu meiner stillen Genugtuung bemerkte ich indessen, daß Phia Sternow von den Tänzern nicht vergessen wurde, wenn diese auch meist nur aus den Freunden ihres Bruders und diesem selbst bestanden. Sie erschien mir jetzt, da der Tanz ein leichtes Rot auf ihre Wangen gehaucht hatte, so über alle schön, daß ich fast laut zu mir selber sagte: »Der Neid; es ist der Neid, der sie verfemt.«

Die Hälfte des Abends war vorüber, der Kotillon, der Tanz, wo es gilt, die Pausen zu verplaudern, führte mich wieder mit ihr zusammen. Den vorhergehenden Walzer hatte ich in einem Anfalle von Barmherzigkeit mit ihrer unschönen Nachbarin getanzt, und Sophie Sternow hatte mich, da ich sie von ihrer Seite holte, mit einem dankbaren Lächeln angeblickt, dem einzigen, das ich an diesem Abend auf ihrem jungen Antlitz sehen sollte. »Wer ist das Mädchen?« frug ich jetzt. »Sie scheint eben keine beliebte Tänzerin.«

Phia blickte flüchtig zu mir auf. »Sie ist eine Fremde«, sagte sie dann; »sie hat hier keine Freunde.«

Sie schwieg, und ich suchte nach einem andern Unterhaltungsstoff. Was aber sollte ich reden, ohne bei der Armseligkeit dieses Lebens anzustoßen! Da begann ich von ihrem Bruder, von seinem redlichen Fleiße, von unserm treuen Zusammenhalten. Nur aus den geöffneten Lippen und den regungslos auf mich gerichteten Augen erkannte ich, mit welcher Teilnahme sie meinen Worten folgte; aber auch jetzt brach kein Lächeln durch den leidenden Ernst dieser jungen Züge.

»Fräulein Sophie«, sagte ich, »ich weiß es, Sie haben durch den Fortgang dieses Bruders viel verloren.«

Ein kaum hörbares Ja war die Antwort. Als ich aber dann, des aufs neue bevorstehenden Scheidens gedenkend, hinzufügte: »Diesmal werden Sie ihn schon nach ein paar Monden wiederhaben«, da schloß sie die Augen, als wolle sie in keine Zukunft blicken, und hielt ihr Antlitz wie das einer schönen Toten mir entgegen.

»Fräulein Sophie!« erinnerte ich leise, denn ich sollte meine Dame zu dem mit Blumensträußen gefüllten Körbchen führen.

Sie schlug langsam die Augen wieder auf, und wir tanzten diese und noch manche andre Tour; gesprochen aber haben wir nicht viel mehr miteinander.

Gern hätte mich noch vor der gemeinschaftlichen Abreise am andern Morgen meine Schwester über die Vorgänge des verflossenen Abends ausgeforscht; aber der Wagen hielt schon früh um fünf Uhr vor dem Hause, und ihres Unwohlseins halber durfte sie nicht wie sonst das letzte Viertelstündchen beim Morgentee mit mir verplaudern.

Es kann endlich nicht länger verschwiegen werden, daß Archimedes während der langen Wartezeit daheim auch bei andern als den bisher erwähnten Anlässen mit jenen kleinen Gläsern in Berührung gekommen war. – Im Hinterstübchen eines Gasthofes, wo sonst nur die Leute aus der Marsch ihre Anfahrt hielten, pflegte sich ein paarmal wöchentlich ein Kleeblatt ältere Männer zusammenzufinden, sämtlich voll mannigfacher Welterfahrung und scharfer rücksichtsloser Beurteilung aller übrigen Menschen. Bei einer Pfeife Petit-Kanasters und einem Gläschen feinsten und nur in diesem Stübchen zum Ausschank kommenden Pomeranzen-Liquors, das ohne Bestellung vor jeden hingestellt und ebenso erneuert wurde, verstanden sie es, die respektabelsten Häupter der Stadt in so einseitige Beleuchtung zu rücken, daß sie jedem als die lustigsten Karikaturen erscheinen mußten. Diesen Leuten, welchen in halbem Bruche mit der übrigen Gesellschaft sich selbst genug waren, hatte im letzten Winter Archimedes sich als vierter angeschlossen, nachdem er eines Nachmittags mit dem Hauptwortführer, einem früheren Offizier, auf der Eisfläche des Mühlenteiches in allen Kunstformen des Schlittschuhlaufes gewetteifert hatte.

Zwar hatte er, als dann abends im Hinterstübchen des Gasthofes die bestbeleumdeten Honoratioren in so possenhafter Verwandlung vorgeführt wurden, anfänglich sein gutmütiges Haupt geschüttelt; das Gläschen, welches auch ihm gesetzt und gefüllt wurde, war für ihn durchaus notwendig, um nur die spaßhafte Seite dieses Puppenspiels zu sehen; aber freilich, das Mittel schlug auch an, und so kam es, daß er an den betreffenden Abenden meist schon als der erste des nunmehrigen Vierblattes vor seinem Gläschen saß, in ungeduldiger Erwartung, daß mit dem Erscheinen der drei andern Gäste das Stück aufs neue beginnen möge. Er bedurfte eben eines kräftigeren Anreizes, als der Verkehr mit den ihm immer grüner erscheinenden Gelehrtenschülern ihm zu bieten vermochte.

Daß eine eigentliche Neigung zum Trinken in Archimedes steckte, habe ich nie bemerkt; jedenfalls schien zu solchem Bedenken jeder Anlaß verschwunden, sobald er den Boden der Universität betreten hatte. Da tauchte, etwa einen Monat nach unsrer letzten Rückkehr, unter einer Anzahl ihm bekannter Korpsstudenten eine Tollheit auf, welche vielleicht von einzelnen älteren Herren noch jetzt als ein Auswuchs ihres Jugendübermuts belächelt wird, welche aber für andre der Anfang des Endes wurde. Ohne Ahnung jener späteren Ära des Absinthes, behaupteten sie, in dem »Pomeranzen-Bittern« den eigentlichen Feind des Menschengeschlechts entdeckt zu haben, und erklärten es für eine der idealsten Lebensaufgaben, selbigen, wo er immer auch betroffen würde, mit Hintenansetzung von Leben und Gesundheit zu vertilgen. Dieser Erkenntnis folgte rasch die Tat: Eine »Bitternvertilgungskommission« wurde gebildet, die an immer neu erforschten Lagerorten des Feindes ihre fliegenden Sitzungen hielt. Die Sache wurde bekannt und begann über die Studentenkreise hinaus Anstoß zu erregen; sogar ein Anschlag am Schwarzen Brett erschien, welcher den Studenten unter Androhung der Relegation den Besuch einer Reihe näher bezeichneter Häuser untersagte; natürlich nur ein Sporn zu noch heldenhafteren Taten.

Zu meinem Schrecken erfuhr ich, daß auch Archimedes sich diesem Unwesen zugesellte. Hatte die Öde seines niedergehaltenen Lebens ihn zu jenem älteren Kleeblatt hingetrieben, so war es jetzt das in dieser Sache steckende Stückchen Spott, das ihn heranzog; er kannte ja jenen Feind des menschlichen Geschlechts seit lange, er mußte mit dabei sein. Vergebens suchte ich ihn zurückzuhalten. »Liebster«, sagte er, »laß mich auch einmal, wie du es nennst, ein wenig toll sein; ich versäume ja nichts damit! Und so beruhige dein treues Herz, auch wenn dir für unsre erhabene Sache das Verständnis fehlen sollte!«

Er machte seine kriegerischen Augen und sah mich dabei mit seinem besten Lächeln an; mir blieb zuletzt nichts übrig, als der Sache ihren Lauf zu lassen. Denn darin freilich unterschied er sich von den Genossen seiner Tollheit, außer seiner Gesundheit wurde nichts von ihm versäumt. Gewissenhaft, und wenn die Stunde noch so früh war, besuchte er seine Kollegien, und war die eine Nacht durchrast, so wurde unfehlbar die darauffolgende hindurch gearbeitet. Auf seiner Spritmaschine, welche brennend neben ihm stand, filtrierte er sich den stärksten Kaffee, und vermochte auch der dem erschöpften Körper die Müdigkeit nicht fern zu halten, so holte Archimedes, wenn alle andern Bewohner des Hauses schliefen, sich aus der Pumpe auf dem Hofe einen Eimer eiskalten Wassers, um seine nackten Füße dahinein zu stecken und dann frei von jedem verführerischen Schlafverlangen in seiner Arbeit fortzufahren.

Diese zweite, wenn auch achtungswerte Tollheit hatte er vor mir wie vor allen andern verborgen gehalten; aber freilich, ihre Folgen konnten nicht verborgen bleiben. Wir waren diesmal beide in den Weihnachtsferien nicht zu Hause gewesen; es ging schon in den März, als ich eine auffallende Veränderung in dem Wesen meines Freundes wahrnahm: der sonst so ordnungsliebende Mann war verschwenderisch geworden; er machte wiederholt allerlei seltsame Ankäufe, die seine knappen Mittel bei weitem überstiegen. Außer den teuersten Zirkeln, welche ihm gleichwohl immer nicht genügten, war seine Erwerbslust auf verschiedene Arten von Stoßrapieren gerichtet, eine Waffe, die auf unsrer Universität nicht gebräuchlich war, aber freilich, seiner Person entsprechend, gern und mit Geschick von ihm gehandhabt wurde; endlich kamen sogar Lackstiefel mit immer dünneren und biegsameren Sohlen an die Reihe.

Als ich ihn über diese mir ganz unverständliche Verschwendung zur Rede stellte, glaubte ich etwas Unheimliches in seinen Augen aufleuchten zu sehen. »Geduld, Geduld!« sagte er hastig. »Kein voreiliges Urteil, Liebster! Ich habe jetzt endlich einen Schuster aufgefunden; ein exzellenter Bursche, ausnehmend exzellent! Wenn sie fertig sind, werde ich in den durchaus vollkommenen Stiefeln zu dir kommen.«

»Aber, Archimedes«, unterbrach ich ihn, »was willst du damit und mit all deinen Zirkeln und Rapieren?«

Er sah mich mit weit aufgerissenen Augen an; der Erwerb jener letzteren Dinge war ihm offenbar entfallen, obgleich die Rapiere in seinem Zimmer eine halbe Wand bedeckten.

Plötzlich, einige Tage danach, in welchen ich ihn nicht gesehen hatte, hieß es, Archimedes liege am Nervenfieber, es steht schlecht mit ihm. Eilig ging ich nach seiner Wohnung; aber ich erschrak, ich erkannte ihn fast nicht; in seinem Bette lag etwas wie ein kleiner abgezehrter Greis, und noch heute würde ich die Möglichkeit einer so raschen Wandlung bestreiten, wenn ich sie nicht mit offenen Augen erlebt hätte. – Ein uns beiden befreundeter junger Arzt von anerkannter Tüchtigkeit hatte ihn in Behandlung genommen; auch eine von diesem besorgte Wärterin war vorhanden.

Archimedes bewegte seinen Kopf, als ob er mir zunicken wolle. »Lieber Freund«, flüsterte er, »ich fürchte, ich bin recht wunderlich gewesen die letzte Zeit; aber nun, es wird nun besser werden!« Er versuchte zu lächeln, nachdem er langsam und kaum verständlich dies gesprochen hatte; aber es gelang ihm ebensowenig wie der Versuch, sich dann auf seinem Kissen umzuwenden; die Wärterin stand auf, und wir beide hoben und legten ihn, bis er zufrieden war.

Bald darauf kam auch der Arzt. Als wir nach einiger Zeit zusammen das Haus verließen, wollte er keine bestimmte Hoffnung geben; als ein eigentliches Nervenfieber bezeichnete er die Krankheit nicht; der Grund derselben liege in den fortgesetzten Ausschreitungen nach zweien Seiten, welche dieser an sich zarte Körper nicht habe ertragen können.

In meiner Wohnung angelangt, setzte ich mich sofort hin und gab dem Vater brieflich über diesen Stand der Dinge Auskunft; ich glaubte ihm anheimstellen zu müssen, ob er bei dem ungewissen Ausgang persönlich kommen oder aber der Schwester die Reise an das Krankenbett des Bruders gestatten wolle; zugleich bat ich, mit Rücksicht auf das zu Ende gehende Quartal, um Übersendung einer Geldsumme für diesen außerordentlichen Fall.

Mit umgehender Post erhielt ich auch ein eigenhändiges Schreiben des Herrn Etatsrats: sein herrlicher Archimedes solle erfahren, daß sein Vater sich der vollen Verantwortlichkeit bewußt sei, einen Jüngling wie ihn der Mit- und Nachwelt zu erhalten; durch den Herrn Käfer würden instanter die ausreichendsten Mittel an mich, dem er sein vollstes Vertrauen entgegenbringe, eingehen; im übrigen solle ich den Arzt zum Teufel jagen; die Sternows hätten allzeit eine Konstitution gehabt, welche ohne diese Pfuscherkünste in das Geleise der Natur zurückzufinden wisse.

Damit schloß das Schreiben; von einem persönlichen Kommen, sei es des Schreibers selber oder seiner Tochter, war nichts erwähnt. Die Geldsendung indessen erfolgte wirklich; es war eine elende Summe, die kaum ausgereicht hätte, die Wärterin auf länger Zeit zu besolden. – Sie sollte freilich hiefür noch mehr als ausreichend sein. Acht Tage waren vergangen, Archimedes wurde immer schwächer.

Als ich dann eines Vormittags in sein Zimmer trat, fand ich ihn schwer atmend, mit geschlossenen Augen; in seinem Antlitz schien aufs neue eine Veränderung vorgegangen zu sein: ob zum Leben oder zum Tode, vermochte ich nicht zu erkennen; etwas wie eine ruhige Klarheit war in seinen Zügen, aber die Finger der Hand, welche auf der Decke lagen, zuckten unruhig durcheinander. Ich stand schon lange vor ihm, ohne daß er meine Anwesenheit bemerkt hätte.

»Der Herr ist schwer krank!« sagte die Wärterin, die vor einer Tasse Kaffee in dem alten Lehnstuhl saß. »Sehen Sie nur« – und sie fuhr sich mit der Hand unter ihrer Mütze hin und her, als wolle sie andeuten, daß es auch unter der Hirnschale des Kranken nicht in Ordnung sei –, »alle die lackierten Stiefelchen habe ich dem Bette gegenüber in eine Reihe stellen müssen, und es wollte immer doch nicht richtig werden, bis ich endlich dort das eine Pärchen obenan und dann noch wieder eine Handbreit vor die andern hinausgerückt hatte. Du lieber Gott, so kleine Füßchen und soviel schöne Stiefelchen!«

Die Alte mochte dies etwas laut gesprochen haben; denn Archimedes fuhr mit beiden Händen an sein Gesicht und zupfte daneben in die Luft, als säße sein armer Kopf noch zwischen den steifen Vatermördern, die er in gewohnter Weise in die Richte ziehen müsse, dann schlug er die Augen auf und blickte um sich her. »Du?« sagte er, und ein Anflug seines alten verbindlichen Lächelns flog um seinen Mund. »Trefflich, trefflich!«

Er hatte das kaum verständlich hingemurmelt; aber plötzlich richtete er sich auf, und mich wie mühsam mit den Augen fassend, sprach er vernehmlich: »Ich wollte dir doch etwas sagen! Weißt du denn nicht? Du mißt mir helfen; ich wollte dich ja deshalb holen lassen. – Ja so! Ich glaube« – er stieß diese Worte sehr scharf hervor –, »es hätte etwas aus mir werden können, nicht wahr, du bist doch auch der Meinung? Ich habe darüber nachgedacht.«

Er schwieg eine Weile; dann warf er heftig den Kopf auf seinem Kissen hin und her. »Pfui, pfui, man soll seine Eltern ehren; aber, weißt du – auf meines Vaters Gesundheit kann ich doch nicht wieder trinken; und darum –« Seine Hände fuhren auf dem Deckbett hin und her. »Nein«, hub er wieder an, »lieber Freund, das war es doch nicht, was ich dir sagen wollte; entschuldige mich, du mußt das wirklich entschuldigen!«

Bei den letzten Worten waren seine Augen im Zimmer umhergeirrt, und seine Blicke verfingen sich an dem Stiefelpaar, womit er der Wärterin nach deren Erzählung so viele Mühe gemacht hatte; dem einzigen, welches Spuren des Gebrauches an sich trug.

Ein glückliches Lächeln ging über sein eingefallenes Antlitz. »Nun weiß ich es!« sagte er leise, und mit seiner abgezehrten Hand ergriff er die meine; die andre hob sich zitternd und wies mit vorgestrecktem Zeigefinger nach den Stiefeln. »Das war unser letzter Ball, lieber Freund; du tanztest mit meiner Schwester, mit meiner kleinen Phia; aber sie war doch nicht vergnügt... sie ist noch so jung; aber sie konnte nicht vergnügt sein – ich habe immer daran danken müssen: so allein mit dem Alten und den Zeitungen und dem – verfluchten Käfer!«

Er hatte beide Arme aufgestemmt und sah mit wilden Blicken um sich. »Sie hat mir nicht geschrieben, gar nicht; auf alle meine Briefe nicht!«

Die Wärterin hob warnend ihre Hand. »Der Herr spricht zuviel!« Aber Archimedes warf ihr seine Kavaliersaugen zu. »Dummes Weib!« murmelte er; dann, wie von der letzten Anstrengung ermüdet, ließ er sich zurücksinken und schloß die Augen. Er atmete ruhig, und ich glaubte, er werde schlafen; aber noch einmal, ohne sich zu regen, flüsterte er mit unaussprechlicher Zärtlichkeit: »Wenn ich nur erst das Examen... Phia, meine liebe kleine Schwester!«

Dann schlief er wirklich; ich legte seine Hand, welche wieder die meine ergriffen hatte, auf das Deckbett und ging leise fort. –

Als ich am andern Morgen wieder durch den unteren Flur des Hauses ging, schlurfte der Eigentümer desselben, ein hagerer Knochendreher, auf seinen Pantoffeln hinter mir her und zog mich unter Höflichkeitsgebärden in einer der nächsten Zimmer, wo ich außerdem noch seine wohlgenährte Gattin, welche der eigentliche Mann des Hauses war, und eine ältliche Tochter antraf, die wie ein weiblicher Knochendreher aussah. Alle umringten mich und redeten durcheinander auf mich ein: Sie hätten vor ein paar Jahren erst das teure Haus mit all den schönen Zimmern hier gekauft; das könne ich wohl denken, daß noch schwere Hypotheken darauf lasteten, und noch ständen just die besten Zimmer unvermietet, obschon die Herren es doch nirgends besser als bei ihnen haben könnten! – Ich wußte anfänglich nicht, wo alles dies hinaus sollte; dann aber kam's:

sie fürchteten für ihren rückständigen Mietzins; ich sollten ihnen helfen; denn – Archimedes war um Mitternacht verschieden.

Ich stieß diese Leute, die freilich nur ihr gutes Recht zu decken suchten, fast gewaltsam von mir und stieg langsam die Treppe nach dem Oberhaus hinauf. – »Also doch! Tot; Archimedes tot!«

Und da stand ich vor seinem schon erkalteten Leichnam; aber sein eingefallenes Totenantlitz trug wieder den Ausdruck der Jugend, und mir war, als schwebe noch einmal sein gutes Lächeln um die erstarrten Lippen.

Als ich in den Osterferien nach Hause kam, war mein erster Gang zu dem Herrn Etatsrat; nicht daß mein Herz mich zu dem Vater meines verstorbenen Freundes hingetrieben hätte, es waren vielmehr geschäftliche Dinge, und nicht der angenehmsten Art. Die Begräbniskosten und die Forderungen des Hauswirts waren durch Herrn Käfer in irgendeiner Art geordnet; aber jene während der dem eigentlichen Krankenlager vorangegangenen Gemütsstörung zusammengekauften Gegenstände waren zum größten Teile von dem Verstorbenen unbezahlt gelassen. Zwar hatten später die Verkäufer dem Herrn Etatsrat ihre Rechnungen eingesandt; aber es war darauf weder Geld noch Antwort erfolgt. Nun hatten sie dieselben noch einmal ausgestellt und mir, den sie als Freund und Landsmann ihres Schuldners kannten, mit der Bitte um Verwendung bei dem Vater übergeben.

Bei meinem Eintritt in den Hausflur sah ich eine weibliche Gestalt mit einer blauen Küchenschürze, als wolle sie nicht gesehen werden, durch eine Hintertür verschwinden; ob es eine Magd oder wer sie sonst war, vermochte ich so rasch nicht zu erkennen. Da ich indessen den braunroten Kopf des Herrn Etatsrats von der Straße aus in einem der unteren Zimmer bemerkt hatte, so pochte ich, da sich sonst niemand zeigte, ohne weiteres an die betreffende Zimmertür. Es erfolgte jetzt etwas wie das Brummen eines Bären aus einer dahinterliegenden Höhle; ich nahm es für ein menschliches Herein und fand dann auch den Herrn Etatsrat im Lehnstuhl an seinem mit Papieren bedeckten Schreibtisch sitzen, wo ich ihn vorhin durchs Fenster erblickt hatte. Ihm zur Seite stand ein kleiner Tisch, darauf eine Kristallflasche mit Madeira und ein halb geleertes Glas. Als ich näher trat, sah er mich eine Weile mit offenem Munde an; dann langte er hinter sich nach einem Schränkchen und brachte ein zweites Glas hervor, das er sofort füllte und nach der andern Seite des Tisches schob.

»Sie sind der Sohn des Justizrats«, begann er; »aber setzen Sie sich, junger Mann! Sie waren Freund meines unvergeßlichen Archimedes; Sie werden das zu schätzen wissen!«

Ich gab dem meine Zustimmung und erzählte, den Tod und die vermutliche Todesursache des Verstorbenen übergehend, von der Gewissenhaftigkeit, womit er unter allen Umständen und bis zuletzt seine Studien betrieben hatte, und von mancher freundlichen Äußerung seiner Fachprofessoren, welche nach seinem Tode mir zu Ohren gekommen war.

Der Herr Etatsrat hatte indessen sein Glas geleert und wiederum gefüllt. »Junger Mann«, sagte er, »erheben wir den Pokal und trinken wir auf das Gedächtnis des ersten Mathematikus unsers Landes; denn das war mein Archimedes schon jetzt in seinen jungen Jahren! Ich, der ich denn doch ein ganz andrer Gewährsmann bin als jene soeben von Ihnen in Bezug genommenen Professoren, ich selber habe ihn geprüft, als der Selige zum letzten Male in diesem Hause weilte. Wenn ich sage: geprüft, so will das Wort eigentlich nicht schicken; denn mein Archimedes war der größere von uns beiden!« – Und seine Blicke legten sich wie drückende Bleikugeln auf die meinen, während er mit mir anstieß und dann in einem Zug sein Glas heruntergoß.

Damals fürchtete ich mich noch nicht vor einem tüchtigen Trunk. »in memoriam«, sprach ich andächtig und folgte seinem Beispiel. Der Herr Etatsrat nickte und schenkte die Gläser wieder voll. »Sie haben«, hub er auf neue an, »Ihren großen Kommilitonen mit allen studentischen Ehren zu seiner letzten Ruhestatt begleitet; so verhielten wir es auch zu meiner Zeit; besonders bei unserm Konsenior, den wir Mathematiker Rhomboides nannten! Er war ein Rheinländer, aber der Wein war bei ihm ein überwundener Standpunkt; er trank des Morgens Rum und des Abends wieder Rum; und so fiel er auch nicht, wie mein unsterblicher Archimedes, als ein Opfer der Wissenschaft, er war vielmehr dem Laster der Trunksucht ergeben und ging dadurch zugrunde. Des ohnerachtet bliesen wir ihn mit zwölf Posaunen zu Grabe und tranken sodann im Ratskeller so tapfer auf seine fröhliche Urständ, daß bei Anbruch des Morgens nur noch wenige von uns an das Tageslicht hinaufzugelangen vermochten. – Aber« – sein Blick war auf mein unberührtes Glas gefallen – »Sie haben ja nicht getrunken! › Dulce merum‹, sagt Horatius; schenken Sie sich selber ein; es freut mich, einmal wieder mit einem flotten Studiosus den Pokal zu leeren!«

Aber die Gesellschaft des Herrn Etatsrats begann mir unheimlich zu werden; auch wollte ich endlich meine Rechnungen zur Sprache bringen und zog deshalb, indem ich zugleich seiner Aufforderung folgte, mein Päckchen aus der Tasche und begann die Papiere vor ihm auszubreiten.

Er würdigte dieselben keines Blickes; die Erläuterungen aber, welche ich hinzuzufügen für notwendig hielt, schien er aufmerksam anzuhören. »Gewiß, mein junger Freund«, sagte er dann, als ich zu Ende war, »mein herrlicher Archimedes wäre ja kein Student gewesen, wenn er nicht mit Hinterlassung etwelcher Schulden in die Ewigkeit gegangen wäre! Geben Sie, junger Mann, die Rechnungen dieser Böotier an den Herrn Käfer zur weiteren Hinterlegung, oder, was ich für das schicklichste erachte, retradieren Sie selbige an ihre ehrenwerten Autoren!«

Ich glaubte den Sinn dieser Worte nicht recht gefaßt zu haben. »Aber sie sollen doch bezahlt werden?« wagte ich einzuwenden.

»Nein, mein junger Freund« – und die stumpfen Augen sahen unter den schwarzen Borstenhaaren mich fast höhnisch an –, »ich sehe dazu nicht die mindeste Veranlassung.«

Ich mag dem Herrn Etatsrat wohl ein recht verblüfftes Gesicht gemacht haben, als ich meine Rechnungen zusammensammelte und wieder in die Tasche steckte; dann aber nahm ich meinen Abschied, so sehr er mich auch mit trunkener Höflichkeit zurückzuhalten suchte.

Als ich auf den Flur hinaustrat, vernahm ich dort ein halb unterdrücktes Weinen, und da ich den Kopf wandte, sah ich auf den Stufen einer Treppe, die hinter dem Zimmer des Etatsrats in das Oberhaus hinaufführte, eine weibliche Gestalt hingekauert; an der blauen Schürze, in die sie ihr Gesicht verhüllt hatte, glaubte ich sie für dieselbe zu erkennen, die sich vorhin so hastig meinem Blick entzogen hatte.

Als ich unwillkürlich näher trat, erhob sie den Kopf ein wenig, und zwei dunkle Augen blickten flüchtig zu mir auf.

»Fräulein Sophie!« rief ich; denn ich hatte sie erkannt, obgleich ihr schönes Antlitz durch einen fremden, scharfen Zug entstellt war. »Ja, weinen Sie nur; er hat Sie sehr geliebt! Oh, Fräulein Phia, wenn Sie nicht kommen konnten, weshalb schwiegen Sie auf alle seine Briefe!« – Das einsame Sterbelager meines Freundes war vor mir aufgestiegen; ich hatte es nicht lassen können, diesen Vorwurf auszusprechen.

Sie antwortete mir nicht; sie wühlte das Haupt in ihren Schoß und streckte beide Arme händeringend vor sich hin; ein Schluchzen erschütterte den jungen Körper, als ob ein stumm getragenes ungeheures Leid zum Ausbruch drängte.

War das allein die Trauer um den Toten, was sich da vor meinen Augen offenbarte? – Unschlüssig stand ich vor ihr; dann begann ich zu berichten, was ich immerhin der Schwester des Verstorbenen schuldig zu sein meinte: von ihres Bruders letzten Tagen, von seiner Sehnsucht nach der fernen Schwester, und wie ihr Name von seinem sterbenden Munde auch für mich das Abschiedswort von ihm gewesen sei.

Ich schwieg einen Augenblick. Als ich noch einmal beginnen wollte, streckte sie abwehrend, in leidenschaftlicher Bewegung die Hände gegen mich. »Dank, Dank!« rief sie mit einer Stimme, die ich nie vergessen werde; »aber gehen Sie, aus Barmherzigkeit, gehen Sie jetzt!« Und ehe ich es verhindern konnte, hatte sie meine Hand ergriffen, und ein Paar fieberheiße Lippen drückten sich darauf.

Beschämt und verwirrt, zögerte ich noch, ihr zu gehorchen; da wurde aus dem Zimmer nebenan ihr Name gerufen; die rauhe Stimme ihres Vaters war nicht zu verkennen.

Schweigend und wie todmüde erhob sie sich; aber ich hielt sie noch zurück und sprach die Hoffnung aus, sie bald in ruhigerer Stunde in meiner Eltern Haus zu sehen.

Sie blickte nicht zu mir hin und antwortete mir nicht, weder durch Worte noch Gebärde; langsam schritt sie nach dem Zimmer ihres Vaters. Als ich die Haustür geöffnet hatte, wandte ich den Kopf zurück: da stand sie noch, die Klinke in der Hand, die großen Augen weit dem Sonnenlicht geöffnet, das von draußen in den dunklen Hausflur strömte; mir aber war, da hinter mir die schwere Tür ins Schloß fiel, als hätte ich sie in einer Gruft zurückgelassen.

Wie betäubt kam ich nach Hause; es nahm mich fast wunder, als ich hier alles wie gewöhnlich fand: meine Schwester saß mit einer großen Weißzeugnäherei am Fenster, neben ihr im Sofa Tante Allmacht mit ihrer ewigen Trikotage.

Ich konnte nicht an mir halten, ich erzählte den Frauen alles, was mir widerfahren war. »Was ist geschehen mit dem armen Kinde?« rief ich; »das war nicht nur ein Leid, das war Verzweiflung, was ich da gesehen habe.«

Ich erhielt keine Antwort; Tante Allmacht schloß ihre Lippen fest zusammen, meine Schwester packte ihre Näherei hinter sich auf den Stuhl und ging hinaus. Ich sah ihr erst erstaunt nach und machte dann Anstalt, sie zurückzurufen; aber Tante Allmacht faßte meine Hand: »Laß, laß, mein lieber Junge; das sind keine Dinge für die Ohren einer jungen Dame, wenn auch die ganze Stadt davon erfüllt ist!«

»Sprich nur, Tante«, sagte ich traurig; »ich weiß schon, was nun folgen wird!«

»Ja, ja, mein Junge, der Musche Käfer – es ist gekommen, wie es nicht anders kommen konnte; und wenn nicht ein noch größerer Skandal geschehen soll, so wird der Herr Etatsrat zu einer sehr unschicklichen und recht betrübten Heirat seinen Segen geben müssen. Im übrigen ist natürlich dieser Rabenvater der einzige, welcher von dem Stand der Dinge keine Ahnung hat.«

Tante Allmacht tat ein paar Seufzer. »Die arme Phia!« fügte sie dann mit seltener Milde bei; »ich habe kluge und gereifte Frauen an solch elenden Gesellen verderben sehen, warum denn nicht ein dummes unberatenes Kind!«

Zu der von Tante Allmacht vorhin bezeichneten Heirat kam es nicht. – Was nun noch folgte, habe ich nicht miterlebt; ich saß in unsrer Universitätsstadt an meiner lateinischen Examenarbeit; aber mein Gewährsmann ist wiederum jener alte Handwerksmeister, der nächste Nachbar des Herrn Etatsrats.

Es war im Hochsommer desselben Jahres, in einer jener hellen Nächte, die auch schon unsrer nördlicheren Heimat eigen sind, als er durch etwas wie aus der Nachbarschaft zu seinem Ohre Dringendes aus tiefem Schlaf emporgerissen wurde; ein Geräusch, ein ungewohnter Laut hatte die Stille der Nacht durchbrochen. Aufrecht in den Kissen sitzend, unterschied er deutlich die Haustürglocke des Herrn Etatsrats, im Hause selbst ein Treppenlaufen und

Schlagen mit den Türen; nach einer Weile eine junge Stimme; nein, einen Schrei, wie in höchster Not aus armer hilfloser Menschenbrust hervorgestoßen.

Voll Entsetzen war der alte Mann von seinem Lager aufgesprungen, da hörte er draußen auf der Straße eilige Schritte näher kommen. Er stieß das Fenster auf und gewahrte eine alte Frau, die er in der Dämmerhelle zu erkennen glaubte. »Wieb! Wieb Peters«, rief er, »ist Sie es? Was ist denn das für ein Schrecken in der Nacht?«

Die alte, sonst so schweigsame Frau war dicht zu ihm herangetreten. »Geh er nur wieder schlafen, Meister«, sagte sie und hielt dabei ihre großen unbeweglichen Augen auf ihn gerichtet; »was Er gehört hat, geht Ihn ganz und gar nichts an; oder wenn Er nicht schlafen kann, so helf Er den Herrn Etatsrat wecken, wenn Reu und Leid ihn noch nicht haben wecken können!«

Damit war sie fortgegangen; und gleich darauf hatte der Meister abermals die Türglocke des Nachbarhauses läuten hören. – Was in dieser Nacht geschehen war, blieb nicht lange verborgen; schon am andern Morgen lief es durch die Stadt; in den Häusern flüsterte man es sich zu, auf den Gassen erzählte man es laut: unter dem Dache des Herrn Etatsrats lagen zwei Leichen; die Stadt hatte auf Wochen Stoff zur Unterhaltung.

Dann kam der Begräbnistag. Dem Sarge, in welchem ein neugeborenes Kind an seiner jungen Mutter Brust lag, folgten zwei Schreiber und die nächsten Nachbarn. Herr Käfer hatte am selben Morgen eine Reise angetreten; der Herr Etatsrat hatte aus unbekanntem Grunde sich zurückgehalten. Als aber in dem Totengange der Leichenzug an der Gartenplanke entlang kam, sah man ihn auf dem Altane, der jetzt weit offenen Kirchhofspforte gegenüber, sitzen; er rauchte aus seiner Meerschaumpfeife und stieß mächtige Dampfwolken vor sich hin, während auf den Schultern dürftig gekleideter Arbeitsleute die letzte Bettstatt seines Kindes näher schwankte.

Eine leuchtende Junisonne stand am Himmel und beschien den Sarg und den einzigen, aus Immergrün und Myrten gewundenen Kranz, den Tante Allmachts Stina heimlich am Abend vorher daraufgelegt hatte. Als der Zug unterhalb des Altans angelangt war, scheuchte der Herr Etatsrat den blauen Tabaksqualm zur Seite, indem er herablassend gegen das Gefolge grüßte. »Contra vim mortis, meine Freunde! Contra vim mortis!« rief er und schüttelte mit kondolierender Gebärde seine runde Hand; »aber recht schönes Wetter hat sie sich noch zu ihrem letzten Gange ausgesucht!«

Der Zug hatte bei diesen Worten bereits die Kirchhofsschwelle überschritten, und bald waren die beiden armen Kinder in die für sie geöffnete Gruft hinabgesenkt.

– – Phia Sternow ruht neben ihrer fast in gleicher Jugend, aber ohne eine gleiche Kränkung der öffentlichen Meinung hingeschiedenen Mutter; wie ich mich später überzeugte, unter jenem vernachlässigten Hügel, auf dem ich einstmals ihren Primelkranz gefunden hatte. – Eine Willi ist sie nicht geworden, nur ein verdämmernder Schatten, der mit andern einst Gewesener noch mitunter vor den Augen eines alten Mannes schwebt. – Arme Phia! Armer Archimedes!

*

Ich schwieg. Mein junger Freund, dem ich dies alles auf eine hingeworfene Frage erzählt hatte, sah mich unbefriedigt an: »Und der Herr Etatsrat?« frug er und langte aufs neue in die Zigarrenkiste, die ich ihm mittlerweile zugeschoben hatte, »was ist aus dem geworden?«

»Aus dem? Nun, was zuletzt aus allen und aus allem wird! Da ich einst nach elfjähriger Abwesenheit in unsre Vaterstadt zurückkehrte, war er nicht mehr vorhanden. Viele wußten gar nicht mehr von ihm; auch sein Amt existierte nicht mehr, und seine vielgerühmten Deichprofile sind durch andre ersetzt, die selbstverständlich nun die einzig richtigen sind; Sie aber sind der erste, dem zu erzählen mir die Ehre wurde, daß ich den großen Mann mit eignen Augen noch gesehen habe.«

»Hm, und Herr Käfer?«

»Ich bitte, fragen Sie mich nicht mehr! Wenn er noch lebt, so wird er jedenfalls sich wohlbefinden; denn er verstand es, seine Person mit andern zu sparen.«

»Das hol der Teufel!« sagte mein ungeduldiger junger Freund.

Eigene Buchreihe oder eigenen Verlag gründen

Seit 2009 bietet tredition sein Verlagskonzept auch als sogenanntes "White-Label" an. Das bedeutet, dass andere Unternehmen, Institutionen und Personen risikofrei und unkompliziert selbst zum Herausgeber von Büchern und Buchreihen unter eigener Marke werden können. tredition übernimmt dabei das komplette Herstellungs- und Distributionsrisiko.

Zahlreiche Zeitschriften-, Zeitungs- und Buchverlage, Universitäten, Forschungseinrichtungen u.v.m. nutzen diese Dienstleistung von tredition, um unter eigener Marke ohne Risiko Bücher zu verlegen.

Alle Informationen im Internet: **www.tredition.de/fuer-verlage**

tredition wurde mit mehreren Innovationspreisen ausgezeichnet, u. a. mit dem Webfuture Award und dem Innovationspreis der Buch Digitale.

tredition ist Mitglied im Börsenverein des Deutschen Buchhandels.

Dieses Werk elektronisch lesen

Dieses Werk ist Teil der Gutenberg-DE Edition DVD. Diese enthält das komplette Archiv des Projekt Gutenberg-DE. Die DVD ist im Internet erhältlich auf **http://gutenbergshop.abc.de**

FSC
www.fsc.org
MIX
Papier | Fördert
gute Waldnutzung
FSC® C083411

Zeitfracht Medien GmbH
Ferdinand-Jühlke-Straße 7
99095 Erfurt, Deutschland
produktsicherheit@kolibri360.de